世界を読み解く
一冊の本

ボルヘス

伝奇集

迷宮の夢見る虎

今福龍太

慶應義塾大学出版会

プロローグ

この本はまったくの偶然の所産である。あるとき、天使が私の前に舞い降りるようにして託宣（つまり執筆の依頼）が授けられ、私はその魅惑的な神託に従う（つまり求めに応じる）ことになった。このような神秘的な比喩が自然と出てきてしまうほど、みずからの意思によって書くというより、何かの力によって物語が紡ぎ出されてくるような感覚が終始つづいた。けれど、この偶発的に訪れたものへのたしかな信頼は揺るがなかった。自分自身の創作物として、不思議な成り立ちをした書物である。

自然の促しによって生れた本ではあるとしても、ボルヘスの『伝奇集』という本についての本を書く、という試みはそれ自体何ものにもかえがたい誘惑だった。「書物についての書物」とは、それ自体、書物の歴史的星座に連なるべく存在する本であり、しかもそれが扱うことになる『伝奇集』とはまさに書物の伝統が凝縮されて生れた稀有なる一冊であると思われたからである。書物の恩寵を半世紀以上にわたって受けつづけてきた一人の人間として、人類の歴史と並走しながら「書物」という宇宙が生み出してきた智慧と想像力の壮大な広がりと深みを謙虚な姿勢とともに引き受け、みずからの作家としての力の源泉にその歴史を位置づけようとしたボルヘスを論ずること。「書物」創成以後の歴史のなかの革新的な「特異点」としてある『伝奇集』という書物の来歴とそこに秘められた世界観をつぶさに描き出してみること。これは大いなる魅惑であり、私自身が感じつづけている書物という存在と歴史への恩義に、ささやかにではあれ報いることができるのではないか、と感じたこともたしかである。それは同時に、あらためて一冊の「本を書く」ということをめぐってあらたな思想的基盤を再構築する、刺戟的なチャレンジでもあった。

ボルヘスのどれも短い物語が語るのは、つねに一つの限定づけられた世界であり、一つの特殊であり、一つの個別であり、一つの小宇宙《ミクロコズム》である。にもかかわらず、それらの個別特殊な素材は、かならずどこかで際限のない広がりの場へと引き出され、普遍を志向し、大宇宙《マクロコズム》へと果てしなく拡大する。ボルヘスの『伝奇集』についての本を書くことのスリルとはまさに、それが個別の著作でありながら、普遍的宇宙を丸ごと包み込んでいるからなのである。そのような、極小かつ極大の時空間である『伝奇集』という場でボルヘスと出会うこと……。無数の「ボルヘス」へと変身・転生する作者の想像力と戯れること……。本書はそうした試みの一つの帰結である。

本書でも触れたように、ボルヘス自身が「わたし」と「ボルヘス」とを峻別しているのであれば、ボルヘスを論じる「私」(本書の筆者)と書かれた「ボルヘス論」とのあいだにもまた、自明の同一性はないことになる。この機知ある発見は、私がそもそも、あまたある客観性や実証性の下での超然とした「ボルヘス論」を書こうとは考えなかったことを、静かに後押ししてくれた。本書の、おそらくはボルヘス的なねらいはこういうことだった。すなわち、「ボルヘスとわたし」のあいだの複雑な関係性として彼の“Ficción”(フィクシオン)が生成したのであれば、その固有のプロセスを私自身も引き継ぎ、「ボルヘス」(作品としての)を通じた「私」の読みや経験を、「私」ならざる他者としての「著者」の内部において変容させ、再-物語化し、諷刺化し、批評することはできないだろうか、という企てである。この再帰的・自己言及的な試みのなかで、私の「ボルヘス論」ははじめて成立するように思われたのである。「解釈」を離れ、私は「謎」を生きることに徹しようとした。だからここにあるのは『伝奇集』という秘儀の「解明」ではなく、その無限宇宙への継続的で回帰的で終わりのない「接近」の記録である。偶然の天使は、私をそんな宇宙船の操縦者に仕立て上げてくれた。

ボルヘスは、特異な遠近法をもっていた。それは、まずそこに「テクスト」があり、それを律する「物語」があり、それを書いたとされる「作者ボルヘス」がおり、さらにそれを傍観する「わたしボルヘス」がいて、それを包み込む「歴史」や「世界」があり、ついにその世界は「宇宙《コスモス》」として外延部へとたえず拡大しつづけている、という膨張する遠近法である。

しかもそこには、「ボルヘス的円環」とでも呼ぶべきパラドクス的空間が重なっており、無限拡大する宇宙は、いつのまにか始原へと遡行し、もとに戻り、円環が綴じられるように自己完結してしまうのである。しかもその完結点は次第に縮小し、最後には無となる。このような不可思議な場では、物語一つ一つの細部は宇宙全体の写し絵となる。これほど多様なイメージとともに、「宇宙」なるものの全体像を見せてくれた作家は、ボルヘス以外にいない。

これから展開する『迷宮の夢見る虎』のテクストは、そのような極小の世界が不意に無限宇宙へと裏返る、魔術的な反転の瞬間をかいま見ようとした私の試みの断片である。これら七つの章もまた、ボルヘスを創造的に模倣した、批評的な「フィクシオン」となっていれば幸いである。

「世界を読み解く一冊の本」

ボルヘス『伝奇集』
迷宮の夢見る虎

目　次

本書において引用するボルヘスのテクストは、すべてスペイン語原典からの私訳である。翻訳の主たる底本には Jorge Luis Borges, *Obras Completas* I, Barcelona: RBA, 2005 を使用し、必要に応じてさまざまな異本も参照した。その際、篠田一士、鼓直、牛島信明、中村健二、土岐恒二、堀内研二、木村榮一、野谷文昭各氏らによる邦訳書のさまざまな版をそのつど参考にし、改訳の必要がない場合はほぼそのままのかたちで利用させていただいた箇所もある。そのつど註記しないが、ここに記して感謝する。

I 〈ボルヘス〉という秘め事

死の三年前の一九八三年、八四歳のボルヘスは生涯で最後の短編集となる『シェイクスピアの記憶』*La memoria de Shakespeare* を刊行した。いまも一般読者にはあまり知られていない、一〇〇頁にもみたない、ボルヘスのもっとも薄い小説集であるが、そこには四篇のいかにもボルヘス的な趣向とスタイルの幻想譚が収められていた。この本が出版された頃メキシコに住んでいた私は、『砂の本』*El libro de arena*（一九七五）以来久しぶりのボルヘス短編集の出現に興奮し、直ちに入手して読み耽った。なかでも「青い虎」*Tigres Azules* と題された一篇は、いまだに私の心をとらえて放さない。それはまるで読者への決別の挨拶であるかのような、作家のそれまでのすべての思索の軌跡と、存在の不可能性をめぐるすべての仮構的テーマと、彼が用いたすべての言語的技巧と、老境に至って豊かに攪拌された広大な無意識の泉とが、みごとに凝縮して示された佳篇であるように思われた。人間の言語が到達しえた、もっとも純化され、もっとも完璧な、ひとつの属的《ジェネリック》な「フィクション」というべきだろうか。

この物語のなかに、幼少からボルヘスの意識を継続的に占めつづけた、自己の分身でもあり「宇宙」の神秘そのものの隠喩でもある形象が登場する。それが「虎」である。虎は作家ボルヘスが作品のなかで呼びだしつづけた、彼の小説世界を構成する決定的なルート・メタファーの一つである。生涯の最後の時期に、彼はふたたびこの虎のイメージに還り、それを思いもかけないあらたな物質的想像力のもとに別の物体に変身させた。それが何であったかは本章の最後に語ることにするが、「虎」はボルヘスにとってあらゆる変身と変成を可能にする、言語的錬金術の場にあらわれる至高の存在だったことはまちがいない。

　ボルヘスが最後に夢想した虎は「青い虎」である。架空の、青いベンガル虎。架空の、と不用意に書いてしまったが、これからボルヘス「について」、ボルヘス「とともに」、そしてボルヘス「のごとく」語ろうとするのであれば、架空の、という安易な形容は慎まねばならないだろう。ボルヘス世界を語るとき「架空」という概念じたいは宙づりにされる。そこでは、現実と架空はいかなる対立関係にもないからである。「架空」という形容によって、何かを現実の存在から区別しうる保証はどこにもない。「青い虎」とボルヘスが書くとき、それこそが虎の真実となる。それはちょうど、『伝奇集』（一九四四）において「『ドン・キホーテ』の著者、ピエール・メナール」の存在を、ボルヘスが読者に完璧に信じさせてしまうのと同じであり、「シェイクスピアの記憶」において読者が自分自身の頭脳のなかに「シェイクスピアの（持っていた）記憶」がすべて注入されるという事態を自然に受け入れることと同じである。言語的仮構であったはずの世界が、異様なほどのリアリティと物質的感触を持って、私たちに迫ってくる。だからこそ、黄金色の美しい毛皮で覆われ、鮮烈な黒い縞模様を閃かせている「現実の」ベンガル虎は、いま同じベンガル虎のまま、「青い虎」としてこの世界にあらたに生成する。現実というものの唯一の輪郭は破られる。そもそもガンジス川のデルタ地帯で青い虎が発見された、と人びとが証言しているかぎり、それはすでに仮構ではない。ヒマラヤ奥地の雪男が存在するかしないかの真偽を「現実に」問うことよりも、雪男の存在を心底信ずる人間たちが「現実に」存在することのほうが、人間にとって、はるかに興味深い真実を示唆しているとはいえないだろうか。素朴な実在論を破る、「謎」としての「真実」のたしかで生々しい感触のほうを、ボルヘスとともに私たちは愛するのだ。

こうして、ボルヘスの青い虎はけっして小説における「架空」の存在ではないことが直感される。「架空の」を英語で“fictitious”と訳せば、ボルヘスの物語はすべて“fictitious story”（「架空の物語」）としての“fiction”（「虚構」）である。だが、ボルヘスが自らの創作的頂点をなす短編小説集に“Ficciones”（英語にすれば複数形で“Fictions”、日本においては『伝奇集』として知られている書物）というタイトルを与えているのであれば、それは「虚構」とか「架空」とかいった一般概念ではあり得ない。むしろこの、スペイン語の“ficción”（フィクシオン）こそは、ボルヘスの小説そのものの高次の存在形態を示す究極の定義であると考えねばならないだろう。フランスの哲学者・批評家モーリス・ブランショも、『来るべき書物』（一九五九）の中で、ボルヘスの仮構的作品が「文学」そのものの大いなる造話能力に根ざすものであることを論じつつ、こう書いていた。「仮構物《フィクション》とか、人工物とかいう言葉は、文学が受けとりうるもっとも適切な名前」である、と。

そのとき、「虚構」という一般概念は溶解してゆく。もっとも完璧に構築された虚構であるからこそ、その輪郭を破るようにして、文学が本質的に目指す不思議な真実、名づけ得ないリアリティの奔流が読者を襲う。そうした唯一無二の「フィクション・ライター」こそ、ボルヘスである。これから論じようとする『伝奇集《フィクシオネス》』*Ficciones* とは、その意味で、ボルヘスのもっとも深い「真実」そのものの名でもあることになる。

アルター・エゴとしての虎

『伝奇集』の作者、ホルヘ・ルイス・ボルヘス。彼が何者であるかを語るために、ボルヘスのアルター・エゴとしての「虎」への執着のテーマに戻ろう。ボルヘスは、幼少時にはじまる虎への熱狂的な帰依について、『創造者』*El hacedor* のなかの「Dreamtigers《ドリームタイガーズ》」という掌篇のなかでこう語っている。

幼いころ、わたしは熱烈に虎にあこがれた。パラナ川のホテイソウの浮洲やアマゾン流域の入りくんだ湿地帯に棲息する斑《まだら》模様のそれではなく、勇敢な戦士でさえ象の背に築かれた城からのみ立ち向かうことのできる、縞模様の、アジア産の、あの本物の虎である。わたしは動物園の檻の前にいつまでも立っていたものだ。大部の百科事典や博物学の本の善し悪しも、挿絵の虎の出来栄えで判断した(……)。少年時代が過ぎると、虎たちも、彼らへのわたしの情熱も衰えたが、それでも、虎はいまだにわたしの夢に現れる。水没した混沌の意識の底で、彼らは勢いを誇っている。だから、眠っていて何かの夢に心奪われそうになると、わたしはすぐに、これは夢だと気づき、いつもこう考える。これは夢、意志の純粋な遊び、わたしには無限の力がある、ひとつ虎を呼び出すことにしよう、と。

ああ、だが何と無力であることか！　わたしの夢はけっして、願いどおりの猛獣を生み出しえないのだ。なるほど、虎は現れる。しかしそれは剝製だったり、安っぽかったり、形が崩れていたりする。大きさも気に入らない。またたくまに消えてしまう。虎というよりは、犬か鳥のように見える。

（「Dreamtigers」『創造者』一九六〇）

「Dreamtigers」と題された小品のほぼ全文である。「夢虎」とでも訳すべきこの英語題の独特の修辞には注意すべきかもしれない。物心ついたときから、「ブエノスアイレスの家では英語とスペイン語が同じように使われていた」と自ら回顧するように、ボルヘスの生まれながらの第一言語は英語であるといっても誤りではなかった。それはもっぱら彼の父方の祖母、イングランド中部のスタッフォードシャーに生まれた教養ある英国婦人フランシス・ハズラムの存在と、その血筋を受けた父親ホルへ・ギリエルモ・ボルヘスの所蔵する膨大な英書を片っ端から読破した経験とに裏打ちされている。

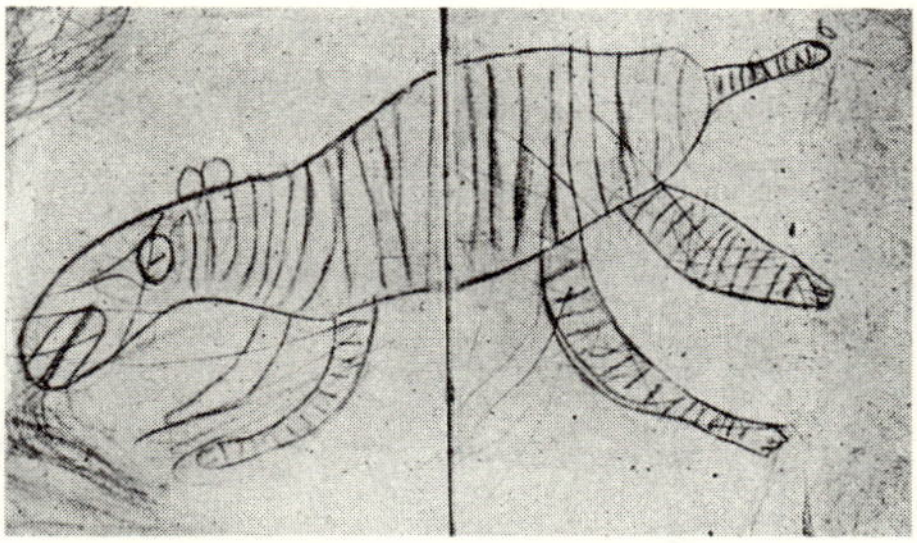

図I-1　ボルヘスが4歳のときに描いた虎

「Dreamtigers」のように、二つの名詞を並べる複合語《コンパウンド》は、現在の英語においても比較的自由かつ容易に創ることができるが、それはボルヘスが長くその学習と研究に没頭していた古英語（アングロサクソン語）の詩的修辞においてとりわけ特徴的な構文法だった。その古英語的な複合語の谺《こだま》を、私たちはこの「Dreamtigers」という造語のなかに感知できるかもしれない。ボルヘスが英語を使用するとき、現代の実用語（国際普及語）として文学的には零落してしまった「英語」とは出自を異にする、詩的で古代的でもある雅語の影がそこにあることは強調しておかねばならない。ボルヘスの英語は、英文学最古の叙事詩ともいうべき『ベオウルフ』が成立した八世紀頃の古英語の音を宿しているのであり、さらにはイングランドへ流れ着いた古代スカンディナヴィア人たちの話していた古ノルド祖語の谺をも従えた、きわめて神秘的で聖なる伝統に連なることばなのである。しかも古英語の「虎」tigreという語自体、古代ペルシャ語につながるパフラヴィー語の“tigra”ないしはアヴェスター語の“tighri”すなわち「矢」「鋭いもの」に由来し、その獣が棲息していた土地の人びとの感嘆の叫びを宿す、長い時間の霧をまとった語である。「虎」は、ボルヘスにとって、まさにそのような時間と言語の霊妙なる伝統のなかに正しく位置づけられる形象だった。だからこそ、彼はその「虎」なる存在の夢幻的な気配を、機知を込めて「Dreamtigers」という英語複合語によって創造したのである。

ここにあるように、虎に憑かれたボルヘスは夢のなかでもそれを探しつづけた。夢のなかでこそ、その完璧な姿が現れ出ることを希求した。すでにここで、「現実」の堰は切って落とされ、そこに夢想が侵入している。虎を夢見ること、虎を根源的に探究することは、「現在」に縛られた世俗の人間存在のあり方を放擲することによってしか実現しないからである。だが、それはまた、現実においては究極的には不可能な行為でもあり、虎の探究は、人間という存在の現世における限界をおのれに知らしめることにもなった。虎という時間、虎という宿命、虎が棲息する時の流れの特異点を思いながら、虎なるものの両義性についてボルヘスはこう書いている。

> しかし《アンド・イエット》、しかし《アンド・イエット》——時間の連続を否定し、わたしを否定し、天文学の宇宙を否定することは、あからさまな絶望とひそやかな慰めである。スウェーデンボリの地獄やチベット神話の地獄と違って、われわれの運命はその非現実性ゆえに恐ろしいのではない。不可逆不変であるがゆえに恐ろしいのだ。時間はわたしを作りなしている材料である。時間はわたしを運び去る川であるが、川はわたしだ。時間はわたしをずたずたに引き裂く虎であるが、虎はわたしだ。時間はわたしを

焼き尽くす火であるが、火はわたしだ。不幸なことに世界は現実であり、不幸なことにわたしはボルヘスである。

（「新時間否認論」『続審問』一九五二）

「新時間否認論」と題された、「疑似エッセイ」というほかないこの哲学的散文作品において、ボルヘスは自らの創造の道具としての「言語」が究極的には表現することのできない「永遠」（＝「反時間」）をめぐって、観念論的な思考実験の軌跡を克明に書きとめてゆく。このテーマは、ボルヘスの三七歳の時の最初の哲学的エッセイ集である『永遠の歴史』*Historia de la eternidad*（一九三六）の主題を引き継ぐものであるが、ここでは、「現在」という瞬間のなかで感知しうる「永遠」なるものの感触を言語化するために、流れる時間が漫然と仮定する「連続性」や「同時性」といった幻想がまっこうから否定されてゆく。ただひたすら「いま」という瞬間の充満によってのみ「永遠」へと侵入しようとする彼の「新時間否認論」は、クロノスと呼ばれる通時的・経過的な時間に支配された人間の生（＝「死すべきもの」mortalとしての人間）の宿命を思弁的に覆そうとする、旧来の時間論にたいする根源的な「反駁」として読むことができる。

その反論の場で、ボルヘスはついに「虎はわたしだ」と宣言している。あと戻りのできない、流れ去る時の宿命を負った人間。現世においては「時間の川」の不可逆的な流れに翻弄されるほかない人間の宿命を慨嘆しつつ、そのような時の暴力を体現する虎に、みずからを同一化しようとするボルヘス。虎はある意味で、現実と永遠のはざまの非‐場所に棲息する非在の聖獣なのである。人生からぬぐい去ることのできない脅迫的なクロノスの時間。すべてを押し流し、すべてを運び去るクロノスの時間。その凶暴性、その一直線に飛んでゆく矢《ティグリス》のような時間が、ここでは「虎」として表現されている。しかし、その虎に押し倒される「わたし」が虎そのものでもあるのならば、この主客混淆の「虎＝わたし」を梃子にして存在と非在のはざまにあいた陥穽をくぐり抜け、ボルヘスはあの真の虎、剝製ではない、意識の沼の奥底に沈みつつ一瞬の跳躍の機をうかがうあの本物の虎に転生できるかもしれない。

虎は、みずから（「わたし」）が「ボルヘス」であるという、主体の固定化（自己同一化）をめぐる逃れられない閉域に出現する、究極の矛盾を抱え込んだ矢であった。だが、その矢を、無時間の方角に向けて射かければ、どうなるだろうか？　虎という「わたし」は、どこに向けて超出してゆけるのだろうか？「不幸なことに世界は現実であり、不幸なことにわたしはボルヘスである」と彼は先の文章を結んでいる。現実という連続する時間に縛られた自己。だがこの一文は、究極の反語を孕んでもいるだろう。すなわち、この世界が唯一の現実でなければ、わたしはボルヘスではない、という可能性への夢である。

この「自己放擲《ほうてき》」の臨界の地点こそが、ボルヘスの作品とその作者について考えるための、不可欠の出発点である。彼の時間への反逆は、「ボルヘス」という人格でありつづけることの「不幸」からのまったき自由を、どこかで夢見ていた。時空を自在に、俊敏に横断する虎のイメージに寄り添いながら……。

虚構《フィクシオン》と『伝奇集《フィクシオネス》』

家族とともに過ごしたヨーロッパ（ジュネーヴ、ルガノ、マジョルカ島、セビーリャ、マドリード）での七年間ほどの滞在からブエノスアイレスに戻ったボルヘスは二二歳になっていた。故郷の街でただちに雑誌を創刊して文学者として立つ自覚を持ち、詩や批評や翻訳をものし、誠実な文学者として「可能な限り不幸になろう」と努めていたボルヘスが定職を得たのは遅く、一九三七年、彼が三八歳の時である。その定職とは、ブエノスアイレス郊外にある市立図書館の分館の一等補佐員（しばらくのちに三等館員に昇格）という仕事であった。図書館で働く同僚の誰も、彼が「作家」ボルヘスであることは知らなかったし、彼もそれを告げることはなかった。未整理蔵書の目録を作成する一日のノルマを手早くやり終えると図書館の地下室に下り、片隅に潜むようにして読書や執筆に集中した。その後彼は、公的にも作家として認められ、文学者の友人たちの推薦もあって一九五五年には国立図書館長に任命される。この頃には、家系の遺伝的な眼疾を受け継いだボルヘスの目は光を失いかけていた。「神が、八〇万冊の本とひきかえにわたしに暗闇を授けた」とボルヘスは「自伝的エッセイ」のなかで皮肉を込めて書いている。だがボルヘスの「虎」は、彼が半生を過ごした小世界でもあった図書館での夢想のなかにも現れてきた。『創造者』に収められた詩「別の虎」がそれを証言している。

わたしは一頭の虎を想う。あたりの薄闇が
広大な図書館を高みへといざない
探すのに骨の折れる書棚を遠ざけてゆくようだ。
精悍で、無垢で、血に飢え、清新な
虎は彼の密林と彼の暁を徘徊し
名も知らぬ河の泥深い岸辺に
足跡を残していくだろう。

（虎の世界には名前も過去も
未来もなく、ただ全き瞬間だけがある）

（「別の虎」『創造者』）

すでにボルヘスの目は光を失いつつあったのであろう。薄闇に沈んだように見える図書館の棚に、判読しがたい書名を探す労苦のはざまに訪れるふとした時間の亀裂が、あの「瞬間の虎」を彼の傍らに呼び出した。瞬間にして永遠の虎。わたしであり、わたしでない虎。否定されたクロノスの時間の涯《は》てで、獲物の牝鹿と、人間の宿命を記した万巻の古書の匂いのからみあった迷宮のなかを彷徨《さまよ》う虎。ボルヘスの虎の顎門《あぎと》には、それが捕えた獲物の鮮血とともに、歴史とともに滅んでいった人間たちの血の痕跡も残されていたのだろう。人間の世俗世界の宿命をも業をも、おのれの餌食とする夢の虎。

だがそれは詩という言語によって呼び起こされた虎であるかぎり、百科事典と修辞と比喩と象徴の影によってできた虎にすぎなかった。たったいま、この瞬間に熱い血液を体内にみなぎらせ、水牛の群れを屠り、長く太い影を悠然と草原に横たえる、あの「現実」の虎ではなかった。いや、この「現実」の虎なるものをボルヘスがみずからの存在に引き寄せることは、最終的には不可能なのである。だからこそ、もう一つ別の虎を夢見ることが必要なのだ。ボルヘスは同じ詩のなかでこう続けている。

だが虎を名指しし、
その生態を推しはかる行為そのものが
それを地上に棲む生き物ではなく
芸術の虚構に仕立て上げることなのだ

（同前）

「芸術の虚構」ficción del arte とボルヘスははっきりと記している。たしかに彼の虎、彼の「別の虎」は芸術行為・言語行為が創りだす「虚構《フィクシオン》」だった。だがまさにその「フィクシオン」こそが、ボルヘスのもっとも深い「真実」を裏打ちする決定的な方法でもあった。彼の「夢虎」は、その「フィクシオン」のなかでのみ棲息でき、そのなかでこそ、現実の虎にはない、永遠の生を獲得した。記号の虎、言語の虎は、まさに言葉そのものの呪術的なあり方を暗示する象徴でもあった。そうであるとすれば、『伝奇集《フィクシオネス》』という書物は、まさに彼の「永遠の虎」を無数に放った、無限大の檻にほかならなかった。

忘れられた語り手

ボルヘスにとっての「虎」の永遠と遍在は、聖なる言語をめぐる神秘主義的な思想としても語られている。それが、「牢は地中深くにあり、石で造られている」という一文ではじまる幻想譚「神の書跡」La escritura del dios（『アレフ』一九四九、所収）である。

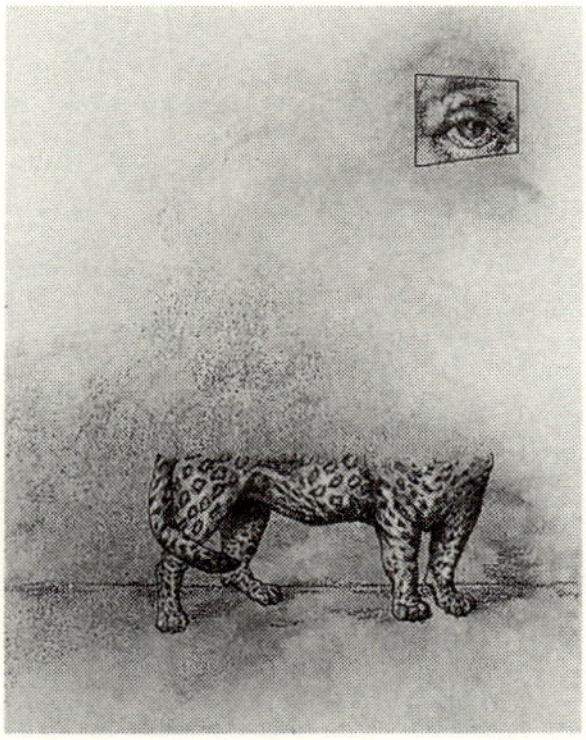

図I–2　Galaxia Gutenberg 版の『アレフ』（Barcelona, 1999）所収の José Hernández による「神の書跡」の挿画。

これは、同じ一つの牢に長い歳月にわたって閉じこめられた、一人の囚人である神官と一匹の虎をめぐる物語である。ここでは、自らのピラミッドをスペイン人征服者ペドロ・デ・アルバラードによって破壊され、牢に幽閉された中米グアテマラのマヤ＝キチェ族の首長ツィナカンの語る物語である手前、虎はときに「ジャガー」とも呼ばれている。ジャガーはいうまでもなく、中南米に棲息する猫科の大型獣であり、アジアの虎が縞模様によって特徴づけられるのにたいし、黒と褐色の鮮烈な斑模様によって密林のなかで異彩を放つ肉食哺乳類である。

牢のなかでジャガーと向き合うマヤの神官。彼は、この世に起きた「征服」という災禍からおのれの民を救う神の呪言、魔術的な文を、夢の眩暈のなかで探し求めている。時の終わりの淵に立っていることを自覚しつつ、彼は新たな「創世」を可能にする隠された神の言葉を追い求める。やがて彼は、夢の迷路のなかで彷徨いつつ、ふと、ジャガーが神の属性の一つであることを思いだす。ジャガーの斑紋の迷路のなか、虎の縞模様の黒い刻印のなかに、神が人間に託した祓除《ふつじょ》の呪言が書かれていたことに、ツィナカンは思い至るのである。虎の模様のなかにあらかじめ書き込まれた「神の書跡」。

虎がそのような秘儀の獣であるとすれば、そもそも「虎」という言葉のなかに全宇宙は包含されているはずだ、とツィナカン＝ボルヘスは考える。

《虎》と言えば、それは、代々生まれ継いでゆく虎、その虎にむさぼり食われた鹿や亀、鹿が食んで育った牧草、牧草の母たる大地、大地に光を与える天、と言うことである。神の言語においてはすべての語がそうした事物の無限の連鎖を、隠然とではなく歴然と、漸進的にではなく即座に告知するであろう、とわたしは考えた。

（「神の書跡」『アレフ』）

夢と現のはざまで、ツィナカンは《虎》という一語が、全宇宙を体現していることを確信してゆく。だが、虎の熱に感染したのか、彼の夢は別の夢を生み、この世に覚醒したつもりの彼は、夢のなかで別の（それ以前に夢見ていた）夢へと逆向きに目覚め、夢の迷宮へと落ち込んでいく。苦闘の末、彼は神の書跡をめぐる真実への直感を手土産に、ついにこの世へと帰還する。

果てしない夢の迷路から、わたしはわが家へ戻るようにしてこの硬い牢獄へと戻ってきた。わたしはその湿気を祝福し、その虎を祝福し、その光の漏れる裂け目を祝福し、わたしの年老いた悲しい肉体を祝福し、暗闇と石とを祝福した。（同前）

そのとき、奇蹟の瞬間が訪れる。神との合一、宇宙との合一がついに起こったのである。至高の「輪」、過去と現在と未来の実在を結ぶ全存在の因果が無数の糸となって結ばれた輪を、ツィナカンは透視する。ボルヘスよりわずか三歳年長の宮沢賢治ならば、これを「インドラの網」と呼ぶだろう。ツィナカンは、その輪の姿から宇宙の内密の構図を瞬時に読みとり、そこから「虎の書跡」（すなわち神の書跡）の意味を理解した。それは、十四語の偶然的な言葉からなる神秘の呪文であった。それをひとこと唱えれば、すべての監禁の構図は瓦解するであろう。石の牢は崩れ去り、夜に昼が侵入し、人は不死となり、虎は征服者アルバラードを引き裂き、ピラミッドは再建されるだろう。

だが、ツィナカンは、あるいはツィナカンの物語を語る「ボルヘス」は、その呪文をけっして口にしない。それればかりか、不意におどろくべき一文が現れる。「なぜならわたしはツィナカンのことを何もおぼえていないからである」。『神の書跡』という短篇はこう閉じられる。神の書跡を知るという、宇宙原理の深淵に触れてしまった者は、もはや人間の世俗の陳腐な言葉に戻ることができない。神の書跡を発見したという物語さえ、もはや書くことは不可能となる。

だからそれを書くためには、それを見た自分を忘れることが必須である。こうして、ツィナカンであることを忘れるツィナカンの物語が「ボルヘス」によって書かれることになる。ツィナカンが、秘跡の虎とともに牢に居つづける理由が、ようやく読者にも了解される。彼が、不条理な幽閉のなかに横たわりつづけ、日々が彼を忘却するのに任せている訳が、凍りつくような恐ろしい直感とともに脳裡に閃く。

ボルヘスはこう言おうとしているのだろう。牢のなかで、あの神の言葉を口にせず、幽暗のなかに横たわりつづける者。それこそが、神の言葉への接近の欲望を捨てて「虚構《フィクシオン》」を書く宿命を負った小説家である、と。いいかえれば、小説家とは、神の書跡をその斑紋に閃かせた虎と相対しながら、虚構という名の牢に暮らす孤独な囚人なのである。

「ボルヘス」とは誰か？

牢を忍びやかに徘徊する虎。それは人間のこの世における幽閉、虜囚の時間と空間を厳格に計測する監視者であった。それは生と死、この世とあの世、現と夢、自意識と無意識、死と不死の夢のはざまで生きる人間の自己分裂の冷徹な目撃者である。虎は自他の迷宮のなかに現れる影のような分身であり、同時にその迷宮そのものの形象化された姿でもあった。そしてその孤独な影の向こう側には、すべてを見通す絶対者としての「神」（＝造物主《アセドール》）がいた。

ボルヘスのなかのこの自己分裂、「虚構」の創造者《アセドール》である作家にとっての、自他のせめぎあう眩暈のような消息を語る至高の一文が「ボルヘスとわたし」である。みずから編集長を務めていた国立図書館の雑誌『ビブリオテカ』に一九五七年に発表され、のちに『創造者』（一九六〇）に収録されたこの掌篇で、書き手は、「ボルヘス」なる作家的人格＝形象と「わたし」という現世の主体とを分裂・対峙させ、「わたし」の側に立って「ボルヘス」なる「創造者《アセドール》」を痛快に突き放し、彼の創作的営為を、やわらかな諧謔と皮肉をも込めてみごとに客体化している。「ボルヘスとわたし」の前半を引こう。

　ものごとが起こるのは、ボルヘスという他人においてである。わたしはブエノスアイレスの街を歩き、ときどき足を止めては——ほとんど習慣的に——アーチ型の古い玄関や意匠を凝らした鉄格子の門などを眺める。ボルヘスについては郵便物を通して知り、また彼の名前を学者たちの集まりや人名辞典のなかに垣間見る。わたしは砂時計、地図、十八世紀の印刷物、語源、コーヒーのにおい、そしてロバート・ルイス・スティーヴンソンの散文に心惹かれる。もう一人の男も同じような趣味を持っているが、彼の場合、それらに芝居じみた、ある種の粉飾がほどこされている。われわれが敵対関係にあると言ったら、それは誇張に過ぎるであろう。ボルヘスが物語や詩を織り成し、その物語や詩がわたしを正当化するように、わたしは生き、自身を生かしている。わたしは、彼が価値あるページを少しは書いたことを認めるにやぶさかではない。しかし、それらのページとてわたしを救済するものではない、というのは、おそらくその優れた部分はもはや誰のものでもなく——ましてやもう一人の男のものでもなく——、それは言語、あるいは伝統に属するものだからである。

（「ボルヘスとわたし」『創造者』）

ここで、「ボルヘス」とは「わたし」にとっての他者である。この二人は、愛好する小物や嗜好品においても、読書傾向においても、同じ趣味を持っているようであるが、「ボルヘス」のほうはそれらを芝居がかった修辞学とともにおおげさに披瀝する傾向があるようだ。「わたし」はボルヘスによって生かされ、その存在を正当化されているのだが、それは「わたし」が「ボルヘス」なる作品の源泉にいる権威的な作者であることを少しも意味しない。ここでもっとも重要な一文は、ボルヘスの書いた「優れた」ページが、特定の誰かに属するものではなく、それが「言語、あるいは伝統」に属するものである、という決定的な言明であろう。創作とは、そして文学とは、それらが歴史のなかで辿ってきたすべての蓄積を含む、一つの集合的な実践であり、それは「言語」そのものに属し、すなわち「伝統」に属する――この事実こそが、作家個人の創造性を特権化することのない、ボルヘスの謙虚な文学観の根底にある真理であった。

だからこそ、彼は創造者であるはずの作家「ボルヘス」を冷徹に相対化する。だがその一方で彼は、自らが「虎」に憧れつづけるように、もはや言語形象となった「ボルヘス」なるものの永遠の不死性に引き寄せられる自分を否定することができない。「ボルヘスとわたし」の後半はこうである。

いずれにしても、わたしは滅亡し、無に帰す運命にある。そして、わたし自身のある瞬間だけが、もう一人の男の内に宿って生き続けることになろう。わたしは彼の誇張と歪曲という頑固な習慣をよく承知しながらも、少しずつ、持てるものすべてを彼に与えてきた。スピノザは、あらゆるものはそれ自体であり続けることを望む――石は永久に石であり続け、虎は虎であり続けることを望む――と考えた。わたしはわたし自身（わたしをひとかどの人間と仮定してのことだが）のなかにではなく、ボルヘスのなかに留まることになろう、しかしわたしは彼の著作のなかにによりも、他人の作品のなかに、あるいは熱のこもった巧妙なギター演奏のなかに、よりよく自分自身を認めるのである。数年前、わたしはボルヘスから解放されようと思って、場末のスラム街の神話を手放し、時間や無限を相手に戯れてみたが、この戯れもいまでは彼に取りこまれてしまった。だから、また別のことに向かわねばならないだろう。このようにわたしの生は逃亡であり、わたしはすべてを失い、すべてが忘却ともう一人の男の所有に帰してしまうのだ。いまこのページを書いているのが、わたしなのかボルヘスなのか、わたしは知らない。

（「ボルヘスとわたし」『創造者』）

「わたし」とは、生身の人間としてついには無に帰する「死すべき」mortal存在である。一方、「ボルヘス」はすでに言語あるいは伝統に属するものとして「不死」immortalの属性を与えられている。石が石でありつづけようとし、虎が虎でありつづけようとするように、「わたし」は「わたし」でありつづけるために、持てるものをすべて「ボルヘス」に与え、ボルヘスのなかに永遠に留まることを夢見た。もちろん、ときにこの関係は隷属の関係として「わたし」を過度に縛りつけるものでもあり、その度に、「わたし」は「ボルヘス」から逃れようと努力もしてみた。「場末のスラム街の神話を手放し、時間や無限を相手に戯れてみた」というのは、初期ボルヘスが詩集『ブエノスアイレスの熱狂』や短編「薔薇色の街角の男」などによって、故郷の街ブエノスアイレスの雑踏を叙情的に賛美していたのにたいし、中年からのボルヘスが『伝奇集』や『アレフ』を皮切りに、時間や無限を主題としたきわめて技巧的な哲学的・形而上学的短篇の作者へと変身しようと試みたことを指している。

だがそのような戯れも、遊動作戦も、「ボルヘス」という言語および伝統の運動の外部に「わたし」

を解放することはなかった。その度ごとに、「ボルヘス」はみごとに新しい傾向の作者として自己転生をはたし、「わたし」はあっという間にふたたび「ボルヘス」に呑み込まれてしまったからである。それは自由を求める「わたし」にとっての落胆でもあり、同時に、個人の宿命を言語と伝統という大いなる世界にゆだねるという意味では、淡い歓喜にほかならなかった。

自己の分裂、分身、アルター・エゴ、鏡、円環的時間の主題。ボルヘス自身が「フィクション」においで探究したすべてのテーマが、この一文で「わたし」と「ボルヘス」の関係としてすでに語られていることを私は発見する。彼の創作の秘儀は、すでにこうした自己言及的なテクストのなかにすべて語られていたのである。自己なるものの揺らぎと神秘《ミステリー》こそが、彼をしてフィクション、そしてメタ・フィクションの冒険へと駆り立てていたことが理解されてくる。

この、ボルヘスが自己を語るときにつねに意識されている「分身」の主題は、ボストン近郊のケンブリッジの町のチャールズ河畔のベンチに並んで座っていたときに、かつての自分（＝「少年ボルヘス」）と思いがけなく出遭ってしまう「他者」という魅力的な短篇のなかにも現れる。隣に座った少年が吹く口笛のメロディが、語り手（年老いたボルヘス）にとって古い特別の記憶に彩られた旋律と同じものであることに気づいた作者は、不審に思い、少年にこう問いかける。

「失礼、あなたはウルグアイかアルゼンチンの方ですか？」

「アルゼンチンです。けれど一九一四年以来ジュネーヴに住んでいます」と答えが返ってきた。

長い沈黙ののち、わたしはたずねた。

「ロシア正教会の向かいの、マラニュー街一七番地ですか？」

少年は、そうだと答えた。
「それなら、あなたの名前はホルヘ・ルイス・ボルヘスです。一九六九年に、われわれはケンブリッジにいるのです」きっぱりこうわたしは言った。
「いや」と少年はややくぐもった、しかし紛れもないわたしの声で言った。（……）
「ぼくはここジュネーヴにいるんです。ローヌ川から少し離れたベンチに。ぼくたちが似ているのは妙ですが、あなたはずっと年をとっていられる。髪が白いじゃありませんか」

（「他者」『砂の本』一九七五）

二つの時、二つの場所が瞬時に同居する夢のような不思議な出来事でありながら、書き手はなんとかして、少年が若いボルヘス本人であることを証明しようと試みる。彼がでたらめを言っているのではないことの裏付けとして、彼は少年に、誰も知らないはずの、ジュネーヴ時代の自分の蔵書についての鮮やかな記憶をそのままこう語って聞かせる。

きみの部屋の戸棚には二列の本がならんでいる。鋼版の挿画と、各章の間にこまかい活字の注のついた、レイン訳の『千夜一夜物語』が三巻。キシュラのラテン語辞典。ラテン語の原文とゴードンの英訳が対訳になっているタキトゥスの『ゲルマニア』。ガルニエ版の『ドン・キホーテ』。著者献辞のついたリベラ・インダルテの『タブラス・デ・サングレ』。カーライルの『衣装哲学』。アミエルの伝記。それから、他の本の後ろに、バルカン諸国の性習慣のことを書いたペーパーバックの本がかくしてある。

（同前）

家族には言えないような本を所有し、こっそり盗み読んでいる少年の秘め事の記憶。それは、ボルヘス本人以外知りようのない事実である。そうした秘密も含めた詳細な蔵書棚の書目を示して、少年を説き伏せようとする書き手。だが少年は、「ぼくはいまあなたのことを夢見ているだけだから、あなたがぼくの蔵書のことを知っているのは当たり前だ」と言い返して平然としているのである。夢のなかでの河畔のめぐり合い。もはやそれは、書き手が夢見ている物語なのか、少年が夢見ている物語なのか判然としない。前者であれば河畔はケンブリッジのチャールズ川となり、後者であればジュネーヴのローヌ川であることになるが、ここではマサチューセッツの川とスイスの川とが、すでに夢幻的な気配のなかで融合しかけている。川面に二人の影を映そうとしたとき、夢見られたほうの人影は漣に揺られて儚くも消えてゆくのだろうか。

私はボルヘスという作家について、導入的に書こうとしてきたのである。だがどう書いても、それは虎のことになり、忘却に沈む牢の主人のことになり、「わたし」ではない「ボルヘス」という他者のことになり、夢のようなうら若き分身のことになる。客観的にボルヘスという作家を同定し、解説的に叙述することの凡庸さ、虚しさに私たちはこうして気づくことになる。ボルヘスの定まらぬ分身や鏡像の影をひたすら物語の迷宮のなかで追い求めることの快感が、ゆっくりと近づいてくる。そうなのだ、それだけがボルヘスを読むことの悦楽なのだ。

混淆の出自と言語の脱領域性《エクストラテリトリアリティ》

もう、ボルヘスの生い立ちの詳細を伝記的事実に即して語る必要はないだろう。すでに無数の、ほぼ同じ略歴的な物語の反復が巷には溢れている。それよりも、ボルヘス自身が、すなわちボルヘスという「わたし」が、自己の起源をある歴史と言語の流転の時間軸においてとらえていたことを、彼の作品に依りながら確認するほうがはるかに意味あることだろう。

「ボルジェス一族」という詩のような美しい掌篇は、ボルヘス自身が自らの出自への想いを独特の遠近法のなかで述べた、注目すべきテクストである。全篇を引こう。

わたしは先祖のことをほとんどなにも知らない
さかのぼればポルトガルのボルジェス一族
わたしの躰のなかで　人目を忍びつつ
その習慣や不屈さや怖れを生き永らえさせている茫々たる人びと。
かつて存在したことがないほどに淡い影をしたがえて
芸術などにかまけることなく
時の　大地の　忘却の
判別しがたい一部をかたちづくる人びと。
それでよいのだ。仕事を果たし終えた彼らは
ポルトガルそのもの　あの名だたる民となって
オリエントの城壁を崩し
海へと　もう一つ別の砂の海へと
乗りだしていったのだから。

神秘の砂漠に迷い込んでしまった王
だが彼は宣言するのだ
まだ自分は死んではいないと。

（「ボルジェス一族」『創造者』）

ボルヘスはここで、ボルジェスというポルトガルの一族との遠い家系的なつながりの事実をもとに、自分が無名の人びとの淡い影をいまも引き継ぐ存在であることを、つつましく、しかし厳かな自負とともに宣言する。海や砂漠を渡って永遠の移動へと踏み出した民。王国の約束された領土を切り拓いたというよりも、自らおのれの夢か幻の王となって荒野へと彷徨い出た人びと。その流浪の民を自分の裡に抱きかかえ、ポルトガルからの移民とか新大陸への移住者とかいった正統の（常識的な）歴史の語りを却下して、時の迷宮の孤独な王として、自己の出自そのものを神話的な無時間へと、砂漠の迷宮的な彷徨の軌跡へと投げ出してゆくボルヘス。貧しき孤独な王たちの息づかいを躰内に感知するボルヘスは、すでに時間と空間の固定的な場であることをやめた「ポルトガル」という混濁した泉の源流と、そこから流れ出る川の壮大な氾濫をここで夢見る。

だが、ボルヘスの出自への混淆的な想いはこれにとどまらない。五〇歳なかばにして失明という暗闇を友とするようになったボルヘスは、その頃から古代英語や古代スカンディナヴィア語の研究に沈潜するようになる。ボルヘスの用いる言語そのものの内に潜む「脱領域性《エクストラテリトリアリティ》」は、興味深いテーマである。アルゼンチンの地方性に深く染められたスペイン語はもとより、幼少時からの家族言語だった英語、そしてヨーロッパ滞在時に次々と身につけたフランス語、ドイツ語、ラテン語、イタリア語、ポルトガル語、そして晩年の古代英語、古代スカンディナヴィア語。

この絢爛たる言語的遍歴のなかで、ボルヘスはおのれのもう一方の家系に由来するイングランドの古い民の息づかいの谺を、遥かに聴きとろうとした。『創造者』に収められたもう一つの掌篇「アングロサクソン語文法の学習を始めるにあたって」には、こうある。

五〇代もの世代の果てで
(時はそれほどの深淵をわれらすべてにもたらす)
わたしは　ヴァイキングの龍頭も達することのなかった
遥かな大河の岸に戻る
わたしがひとりのハズラム　ひとりのボルヘスになる前
ノーサンブリアやマーシアでの日々に
いまや土へと帰した唇でわたしが使った
あの粗削りの難語に　わたしは還ってきた。

(「アングロサクソン語文法の学習を始めるにあたって」『創造者』)

アングロサクソン語という素朴にして高貴なことばに触れたとき、古英語という遥かなる郷土へと戻ってきた、という深い実感がボルヘスにふつふつと沸いてくる。「ハズラム」とは父方の祖母の姓であり、ハズラムの家系が住み処とした土地ノーサンブリア Northumbria は七世紀頃にはじまるイングランド北部の古王国の名に由来する。マーシア Mercia もまた中世初期のイングランド中部にあったアングロサクソン族の古王国であり、おのれの言語的な源流に聳える空中楼閣のような幻の城がボルヘスの見えない眼に浮かび上がる。ボルヘスが実感する自己の複雑な言語的組成こそ、彼自身の自己意識を裏打ちするもっとも核心的な要素だった。なぜなら、彼は言語と伝統に属しているからである。さらにボルヘスは別のところで、彼の母の姓「アゼヴェード」にふれて、それはもともとはポルトガル系のユダヤ人の名だったかもしれないとも暗示している。「わたし」をつくりなすポルトガル人、アングロサクソン人、ユダヤ人……。

「ボルヘス」という現在のなかには、無数の記憶と伝承の川が流れ込んだ。無数の高貴な、混濁した舌が、その幽かな息を無時間の中空に吐きだしていた。定住は幻想であり、彼のブエノスアイレスでさえ、その場末の人と埃のほの暗い蠢きが示すように、あらゆる時と場所の精巧な混合体の影であった。「わたし」とは無数の「分身」と「片割れ」の集合体だった。ボルヘスを、言語的越境者であるナボコフやベケットと並んで刺激的に論じた『脱領域の知性』において、イギリスのユダヤ系批評家ジョージ・スタイナーはボルヘスの「自我」なるものの不定形な包容性・開放性をめぐってこう説いていた。

> 肝腎なのは、作家とは客人《まれびと》であって、多様な未知のものの現前を鋭敏に感じとりつづけることを仕事とし、たまゆらの寓居の四方の戸をすべての風にむかって開け放っておかねばならない人間だという、ボルヘスの中心をなす考え方である。
>
> （ジョージ・スタイナー『脱領域の知性』由良君美訳、河出書房新社、一九八一）

みごとな総括である。「ボルヘスとわたし」の永遠の往復運動とは、自分に似た、あるいはときに似ても似つかない客人を迎え、未知なる多様性に向けておのれを開き、そこから目眩《めくるめ》くばかりに結び合い絡み合う宇宙を発見する永遠の営みなのである。この迷路に似た「夢幻＝無限」世界に、「青い虎」も「ピエール・メナール」も「アレフ」も住みつき、これから本書で語ろうとする「バベルの図書館」も「円環の廃墟」もその中空に浮かんでいる。

〈秘め事〉としての「読むこと」と「書くこと」

ボルヘスの「ひと」について語るこの導入部の最後に、彼自身がきわめて率直な言葉づかいをもって自らの出自と来歴を回顧的に語った「自伝的エッセイ」（英語版『アレフその他の短編集 1933–1969』*The Aleph and Other Stories, 1933–1969*（一九七〇）にはじめて掲載）に触れておこう。この回想録が私にとってなにより興味深いのは、そこに描き込まれた幼少時や青年期・壮年期の日常経験や交友関係をめぐる軽妙な諸々のエピソードではなく、むしろ、ボルヘスの自己形成において、「読み」「書く」という作家として決定的に重要な修練と反復行為が、一種の「秘め事」としてつねに行われていた、という事実が随所に書きとめられているからである。その「秘め事」はとりわけ、ボルヘスと書物との物質的・肉体的な関係として現れる。

近眼のため幼い頃から眼鏡をかけ、身体的にも虚弱だったボルヘスは、家の中にこもりがちな子供だった。必然的に本の虫となるべく彼を促した秘密の空間が、弁護士であり師範学校で英語の授業をもち、小説の習作ものしていた父親ホルヘ・ギリエルモ・ボルヘスの書庫だった。回想によれば、ボルガラス張りの棚をめぐらせた大きな部屋全体に五、六千冊の膨大な書物が埋まっていたという。ボルヘスの最初の意識的な「読書」はこの空間において行われた。マーク・トウェイン、H・G・ウェルズ、ヘンリー・ワーズワース・ロングフェロー、ロバート・ルイス・スティーヴンソン、チャールズ・ディケンズ、ルイス・キャロルといった多くの英米文学の書物を片端から読破していった少年（彼は九歳ですでにオスカー・ワイルドの『幸福な王子』をブエノスアイレスの新聞のために翻訳していた）。そんな「読む」ことに関してはひどく早熟な少年が、なにより心奪われたのがバートン版の『千夜一夜物語』だった。だが『千夜一夜物語』の読書体験が彼にとって魅惑的だったのは、その物語自体の魅惑の他に、もう一つの決定的な理由があった。すなわちその本を読むことが、親から「禁じられて」いたことである。ボルヘスはこう回想している。「バートン版は卑猥であるから読んではいけない、といわれていたので、わたしは屋上でこっそりと読まねばならなかった」（「自伝的エッセイ」）。

「自伝的エッセイ」には、こうしたエピソードが繰り返し登場する。十九世紀のガウチョ文学の傑作叙事詩、ホセ・エルナンデスの『マルティン・フィエロ』もまた、そうした「禁書」の一つだった。だがだからこそ、ボルヘスにはとりわけ魅惑的な書物にうつった。彼はこう回想している。

> 母は『マルティン・フィエロ』を禁じていたが、その理由は、この本が与太者にこそふさわしいものであり、しかも、真のガウチョの姿を描いていない、というものであった。わたしはこれも隠れて読んだ。
> （「自伝的エッセイ」『アレフその他の短編集　1933–1969』英語版、一九七〇）

こうした経験を自然に強調しながら語られる自己形成の物語は、ボルヘスにとって「読むこと」が、本質的に「秘め事」としての性格を帯びていたという事実を私たちに教える。禁じられていること、それを垣間見るために、禁忌に触れる行為を隠すこと、隠れること。これはすなわち、知が「オカルト」（occult＝隠れていること）として存在していた錬金術的な知性の壮大な宇宙をボルヘスがすでに、小さい頃から直観していたことを意味するように私には思われる。

さらに「書く」こともまたボルヘスにとっては秘め事にほかならなかった。彼が、「北部のごろつきの話を書くことは、母が本気で反対することが目に見えていたので、見つからないようにこっそりと、三、四ヶ月かけて書きあげた」と回想するのは、短編小説の語り口の実験として行われた最初期の作品「薔薇色の街角の男」（一九三三）のことである。あるいは、勤め仕事を得てからは、「図書館に着くと、最初の一時間で仕事を片付けてしまい、それからこっそりと地下室に行って、残りの五時間を、本を読んだり、ものを書いたりして過ごした」とあり、ここでも執筆そのものが一種の「秘め事」として行われていたことがわかる。そしてその後の重要な短篇作品の多く、とりわけ『伝奇集』を構成することになる諸テクストもまた、「隠された」行為の帰結としてこの世に出現した。

「バビロニアのくじ」、「死とコンパス」、そして「円環の廃墟」もまた全篇を、あるいはその一部を、勤務時間中にぬけ出して書いたものである。これらは、他の物語と共に『八岐の園』として一冊の短篇集になり、一九四四年にはさらに九篇を付け加え、『伝奇集』*Ficciones* と題名を変えて出版された。（同前）

四五歳の時に刊行された『伝奇集』という、短篇作家ボルヘスのもっとも輝かしい達成の書が、たびかさなる「秘め事」として行われた行為の産物であったことを知るのは意味のないことではないだろう。一九六〇年、ボルヘスは、編集者の求めに応じて、それまで書斎の机の引き出しなどに放置してあった詩や散文の小品を集めて整理し、『創造者《アセドール》』なる四九の掌篇からなる雑録のような作品集を刊行した。この本についても「自伝的エッセイ」はこう回顧している。

『創造者』のページには一切の水増しがない。短い一篇一篇がそれ自体のために書かれ、内的な必然性から生まれている。この作品を準備している頃、私は、大げさな名調子の作品とはたんに失敗というだけでなく、虚栄から生まれる思い違いだと考えるようになった。いまでも、良い作品はひっそりと書かれねばならないと固く信じている。（同前）

ここまで来ると、「ひっそりと」「秘密裏に」書くことは、読み手や書き手の嗜好の問題というだけでなく、真の文学が生まれるための「慎ましさ」というもっとも簡潔な倫理のあらわれとしての意味をいただくことになる。読むこと、書くことが「秘め事」として行われるという事態は、まさにそこから生み出される作品の究極の美質と倫理性を担保する、不可欠の条件でもあるのだった。私は、この「読むボルヘス」「書くボルヘス」の見せる（隠す）ひそやかな秘密の身振りに、深くとらえられる。いうまでもなく、古今東西、書物の成立の始まりから、本には禁断の果実としての側面があった。接近不可能な神の言葉の転写。万物の根本原理を写し取ったギリシャ人が言う「気息《プネウマ》」を文字に移すこと。こうした行為こそ、超自然の霊力を書物のなかに封じ込める、禁断の行いでもあった。だが書物はその「瀆聖行為」を断行し、結果として人類に「知」をもたらした。そう、書物とはそのはじめから、こうした隠蔽されるべき謎、ミステリー、エニグマを孕んでいたのである。

そこから生み出された人間の知とは、したがって何かを開示するためというよりは、むしろ何かを

「隠す」ために進化してきたものであった。ボルヘスが生涯関心を持ちつづけたオカルト的知性、カバラの知、錬金術、密教、あるいは東洋哲学などは、すべて、不変の永劫世界と、神の創造物としてのモータルな（死すべき）世界との関係をめぐって、謎めいた宇宙原理と霊性の根拠を人間に向けて秘密裏に語ろうとする知のシステムであった。『伝奇集』のボルヘスは、このことをよく知り、こっそりとこれらの諸篇を書きとめることで、森羅万象にわたる「謎《エニグマ》」を作品のなかに封じ込めようとした。

この「秘め事」をあからさまに知ろうとすることが、すでに一つの裏切りである。ボルヘスの作品を前にして私たち読者が感じる特別の昂揚とは、読むことを禁じられたかのごときテクストを突きつけられた時のどきどきするような躊躇いに根拠をもつのだ。それに触れること、その秘密を暴くことには危険がともなう。あの、ボルヘスにとっての究極の秘め事を象徴する存在である「虎」。あの神

図I-3　ブエノスアイレス国立図書館のボルヘス（1960年代か（Cristina Grau, *Borges y la arquitectura*, Madrid: Cátedra, 1989））

の書跡模様をもった謎の獣に、私たちはどれだけ近づくことができるのだろうか……。

ボルヘスとともに迷宮の虎を追う

冒頭で触れた「青い虎」の物語――。ガンジス川のデルタ地帯に広がる黒っぽいジャングルにその虎を探しに出かけた作者は、囲い場から消えてしまった山羊や、噛み殺された犬の死体や、山の斜面に刻まれた獰猛な足跡などの痕跡を探り当てる。人びとの生々しい証言からも、青い虎の気配はあたりに濃厚に漂っている。だが彼は、けっして虎そのものに出あうことができない。

やがて、怪しげな足跡をたどるうちに、作者は地面の亀裂に埋め込まれたように散らばる無数の「青い小石」を発見する。丸い、つるつるした、虎の色をした小石。だがその小石を掻き集め、持ち上げ、ふたたび地面にこぼすと、石の数が増してゆくのだった。一つの石に印を入れ、それを他の石と混ぜ合わせると、刻みを入れた石は消えてしまい、小石の数は一気に増えている。「子を産むという石」の知らせに、土地の村人たちは恐怖した。青い虎のかわりに出現した青い石たち。

作者はこの青い小石を一握りポケットに入れて町まで持ち帰る。増殖し、混同し、消失し、再生する不可能な小石。無秩序の小石。だが数学を無効にしてしまうこの小石をいじりまわすうちに、作者はふと、昔のギリシャ人たちが「計算」という概念を「小石《カルクロ》」cálculo と呼び、これが「計算《カルキュレーション》」calculation という言葉の語源となったことを思いだす。たしかに古代の人びとは、数え石をもってものの計算を行っていたのである。だがそのときの石が、この青い小石だったら……? 誤謬なき数学における「計算」の真理なるものは、青い小石の「謎」をどこかに胚胎し、自ら混乱し破綻する宿命を内奥に隠し持っているとはいえないだろうか。

思い込み、一睡もできずにいた作者は散歩に出て夜明けのモスクの門をくぐる。すると彼は、一人の目の見えない物乞いに呼びとめられた。「貧しいものにお恵みを」と手をさし出され、作者は怖れつつもポケットの青い小石を物乞いに渡す。「それをすべてわたしに恵んでくださらねばならぬ」そう物乞いは言う。「その恵み物がわしの受けられる唯一のものじゃ」と。それが底知れない増殖の力を持った恐ろしい小石であることを告げて、作者は物乞いの手のひらの凹みにすべての小石を落とした。音もたてず、小石はまるで底なし沼に沈むように落ちていった。去り際に、物乞いはこうひとこと作者に告げる。

「お前さまの恵み物がどういうものか、わしにはまだ分からんが、わしからの恵み物は、それはそれは恐ろしいものじゃぞ。昼と夜、分別、習慣、そして世界がお前さまのものじゃ」

（「青い虎」『シェイクスピアの記憶』一九八三）

薄明の靄のなかにぱっくりと口を開ける、現と夢の境目に読者はとりのこされる。「秘め事」へのいわれのない欲望が心のなかで頭を擡《もた》げる。私は昼と夜をもち、分別と習慣の日常をうたがいもなく生き、世界をわがものであると信じている。そんな現世的な秩序が、この盲目の物乞いのひとことによって、不意に崩れ去ってゆく。青い魔術的な小石をひとつかみ抱えて、「秘め事」へと参入すること。ボルヘスの物語は、この秘密めいた深淵の暗闇からしか始まらないからである。そしてこの盲目の物乞いこそ、私たちを現世から離れた秘密のいとなみへと誘いかけるボルヘスその人だったのではないか、という予感がはしる。

いま『伝奇集』という秘儀の一冊を傍らに抱えて、青いラピスラズリのような色か、あるいは幻の薔薇色で彩られた迷宮の街に踏み出し、ボルヘスという「秘め事」に赴くこと。迷宮の虎を追うこと。迷宮の虎になること。

夢見と現実のあわいで、私たちの「別の海」「別の砂漠」へのボルヘス的道行きが、いま始まろうとしている。

Ⅱ 『伝奇集』の来歴

二〇〇〇年という千年紀の変わり目の年の大晦日に、英国ブンガイのブラック・シャック・オン・ラプラタ社から満を持して刊行されたジョルジ・ダ・ブルゴス・アントゥーネス・コインブラ編の大著『二〇世紀文学総覧　小説篇』は、過去一〇〇年の東西の文学的成果を総括し、そのなかから厳選された一〇〇冊の傑作小説にたいする詳細な書誌的記述と精緻な批評を収め、さらにそれらの小説の初版本から異本に至るすべての版《エディション》の書影を掲載した、まさに壮観というべき一巻本である。総三三三ページにおよぶ極薄の聖書紙に九・五ポイントのエマソン書体で精巧に印刷され、極上の柔らかい犢皮《とくひ》張りの表紙によって綴じられた優美な革製本の背には、純度二三金の箔押しで刻印されたタイトル文字が光っている。この浩瀚《こうかん》な本のなかに、ホルヘ・フランシスコ・イシドロ・ルイス・ボルヘス・アセベード著になる一九四四年刊の小説『伝奇集』*Ficciones* が、もっとも多くのページ数を割いて詳説されており、その解説の文頭にこうある。

「今世紀に書かれたスペイン語の小説でただ一冊の、もっとも重要な書物……」

大胆な言明である。なぜなら、「もっとも重要」という価値判断には客観的根拠となる指標があるわけではなく、その点で編者によるこうした評価には、この本の「総覧」としての資料的価値の中立性をおびやかす危険性すらあるからである。だが編者はおそらく、そのような危険すら顧みず、この『伝奇集』なる書物の決定的な重要性を読者に直截に伝える義務が自らに課せられていると確信したのであろう。「スペイン語で書かれた」という限定が付されていることが、今世紀において「もっとも重要」という価値判断の相対性を何とか担保しているかに見えるが、解説を読めば読むほど、編者のこの本にたいする思い入れが尋常ではないことが伝わってくる。編者はおそらく内心では、「今世紀に書かれた、すべての言語圏におけるただ一冊の、もっとも重要な本」と言おうとしていたように私には思われる……。

二〇世紀のラテンアメリカ文学研究の泰斗にして優れた批評家エミール・ロドリゲス・モネガルが、一九七八年刊の著書『ホルヘ・ルイス・ボルヘス　文学的伝記』(ニューヨーク、ダットン社刊)のなかで書きとめた「今世紀に書かれたスペイン語の小説でただ一冊の、もっとも重要な書物」という言葉。これは、これまでボルヘス『伝奇集』にたいして語られたすべての批評的な言説のなかでも、もっとも言及されることの多いものとしてすでによく知られている。ウルグアイ出身で長くイェール大学のラテンアメリカ文学教授を務めたモネガルは、『ブリタニカ百科事典』のなかの「大項目事典」(全一九巻)の「ホルヘ・ルイス・ボルヘス」の項目も執筆した碩学であり、二〇代でウルグアイの首都モンテビデオの文芸誌を編集していた一九四〇年代半ばからボルヘスと個人的に親しく交流していた、ボルヘスの文学的盟友の一人だった。『アレフ』*El aleph* に収録された、時間と神の全能性をめぐる主題を寓話的・半自伝的に描いた短篇「もうひとつの死」(一九四八)にも、モネガルは実名で登場している。小説家としてのボルヘスをもっとも早く発見し、誰よりも先に高く評価したモネガルによる「今世紀に書かれたスペイン語の小説でただ一冊の、もっとも重要な書物」という高名な一文を、『伝奇集』という著作の特別の重要性を証明する、ボルヘス学の最高権威による評価として紹介することは、たやすいことだろう。

けれども、ボルヘス的な巧緻に倣いながら『伝奇集』という書物について語りはじめようとするいま、私はそうした権威的な引用をもってこの書物にはじめから伝説的なヴェールをまとわせることは避けたいと思う。『伝奇集』は、神話的ヴェールによって包まれてしまうような本ではなく、比喩的に言えば、すべての世界の道理と人間の理性をあいまいなものへと変容させる、燦然と輝きながら揺らめくヴェールそのもののような存在だからである。ヴェールにヴェールをまとわせるのは陳腐以外の何ものでもないだろう。そうした愚昧に陥らないためのボルヘス的な機知として、私は『二〇世紀文学総覧　小説篇』という偽書を仕立て上げ、そのなかに、この著名な一文を紛れ込ませてみることにした。なぜこのような奇妙な仕掛けによって『伝奇集』を読者に媒介しようと考えたのか？　それはなによりも、『伝奇集』に収められた特別の一篇「アル・ムタ－シムを求めて」が、まさに存在しない一冊の小説本の、几帳面（に見えるがじつは遊戯的）な「書評」という体裁によって書かれており、こうした仕掛けのなかにこそ、ボルヘスが創造することになった「短編小説《フィクシオン》」の原型的な叙述法が凝縮して示されていると信ずるからである。

「アル・ムターシムを求めて」の流儀で、「存在しない本」について批評するように語ること――そのような語り口のなかではじめて、『伝奇集』という書物は未知の相貌を垣間見せるかもしれない。そのため、もうしばらく、「アル・ムターシムを求めて」というテクストの虚構的な仕掛けの内実を探ってみよう。

そもそも、『伝奇集』の収録作の二番目に収められてきた（日本語版ではいまもそのようになっている）「アル・ムターシムを求めて」は、神出鬼没の幽霊のような短篇である。「アル・ムターシムを求めて」El acercamiento a Almotásim と題するボルヘスの原テクストは、一九三五年に書かれ、まず評論集『永遠の歴史』（一九三六）の巻末に付録のように置かれた二篇の「覚書《ノート》」の一篇として公刊された。『永遠の歴史』という本を、常識的な読みの観点から、時間における永遠、循環、永劫回帰、さらには「原型とその無限の反映」を主題にした「哲学的なエッセイ集」と見なせば、そのなかに、捏造された一冊の本の書評（疑似書評）が紛れ込んでいるというのはかなり人を食った構成というべきであろう。

じっさいボルヘスは、のちに「自伝的エッセイ」のなかで回顧しながら、この短篇のことを「文学的悪戯」であり「疑似エッセイ」でもあったとしながら、こう述べている。


一九三五年に書かれた「アル・ムターシムを求めて」は、文学的悪戯であると同時に疑似エッセイでもある。これは、その三年前にボンベイで初版が発行されたある本の書評のようにも読める。（……）「アル・ムターシムを求めて」を読んだ人たちは、その内容を文字通り受け取ったらしく、わたしのある友人などロンドンにこの本の第二版を注文さえしてしまった。わたしがこれを短篇小説として、最初の短篇集『八岐の園』の中に入れ、世に問うたのは一九四二年になってからである。わたしはどうもこの物語にたいして公正を欠いていたようだ。というのは、これはそれ以後わたしが書き続けることになる、そしてわたしに短篇小説作家としての名声を与えることなる作品群を予示し、それらの原型ともなったように思われるからである。

（「自伝的エッセイ」『アレフその他の短編集 1933–1969』一九七〇）

「哲学的エッセイ集」のような体裁の書物のなかに付録のように置かれた一篇の「書評」。だが、『永遠の歴史』という本の内実は、永遠を主題とする疑似的・遊戯的な哲学エッセイであり、そのなかに付された「書評」も、存在しない書物にたいするパロディックな書評であった。このような仕掛けにおいて、『永遠の歴史』という、初期ボルヘスのシリアスな評論集と考えられてきた書物の「実在性」に、存在論的な亀裂が呼び込まれる。「アル・ムターシムを求めて」は、まさにボルヘスがそのような虚構《フィクシオン》の設定によって、「小説《フィクシオン》」と呼ばれる表現行為へと踏み出したはじまりを画すテクストであったことになる。

ここでボルヘスが書いているように、「アル・ムターシムを求めて」は、このあとボルヘスの初めての創作短篇集『八岐の園』（一九四二）に再度収録されることによって、このテクストの本性がフィクションであったことが明らかにされる。そしてこの短篇は、そのまま『伝奇集』（初版、一九四四）のなかの前半を構成する「八岐の園」のセクションに、他の七つの短篇とともに収録され、『伝奇集《フィクシオネス》』という書物の示す仮構的方法論を象徴する一篇として光彩を放つことになった。この短篇はその後、後半の「工匠集」と題するセクションに三篇を追加して改訂された『伝奇集』（第二版、一九五六）にも収録されたが、不思議なことに、一九七四年に刊行されたボルヘスの一巻本の『全集』（エメセ社）においては『伝奇集』の一篇から除外され、『永遠の歴史』の一篇として収録されることになった。一巻本『全集』である手前、同じ文章の重複を避けた編集的な判断であるようにも思えるこの改変は、しかしあらためて「アル・ムターシムを求めて」というパロディックな一篇の出自の曖昧さ、分類不可能性を読者に示すには充分な出来事だった。そして、これ以降に編集されたポケット判の普及版ボルヘス『伝奇集』の目次からは「アル・ムターシムを求めて」はすべて消える。すなわち、現在比較的容易に入手可能なアギラール版（一九八一）、アリアンサ版（一九九七）、あるいはペンギン・ランダムハウス・グルーポ・エディトリアル版（一九九五）などの『伝奇集』には、「アル・ムターシムを求めて」という一篇は存在しないのである。

幽霊のような一篇、と私が呼んだのはこうした経緯にかかわっている。その神出鬼没の、ゆらぎをかかえた短篇が、実在しない一冊の『アル・ムターシムを求めて』という同じ表題（ただし書評されている書物は英語題、書評エッセイはスペイン語題）の本にたいする「偽の書評」として書かれていること。そしてその事実が、ボルヘスにとっての「フィクシオン」という形式および内実の「原型＝プロトタイプ」の誕生を宣言していること。この事実の重要性は、とりわけ注目しておかねばならないであろう。

「アル・ムターシムを求めて」

さらにこの短篇に少し立ち入って見ていこう。ボルヘスの「アル・ムターシムを求めて」El acercamiento a Almotásim は、一九三二年に初版がインドのボンベイ（現ムンバイ）で簡素な印刷物として刊行され、その二年後に第二版（改訂版）がロンドンの大手出版社から出た、ボンベイの法律家ミール・バハドゥール・アリ作の神秘主義的な含意をともなった推理小説じたての物語『アル・ムターシムを求めて』*The Approach to Al-Mu'tasim* という英語の本の書評であるかのようにして書かれた掌篇である。冒頭、書評家（執筆した「ボルヘス」自身であると読める）はまずこの物語の概要を手短に紹介する。ボンベイで法律を学ぶ一人の学生が、回教徒とヒンズー教徒のあいだで起こった騒乱に巻き込まれて逃げるなかである探究に着手する。すべての思想にたいして懐疑的な逃亡学生は、最下層の人びとのあいだに身をおとしめながら、その堕落のなかにある優しさ、歓ばしさを感得し、この世の中にすべての人間にたいして光を放射する聖なる魂が存在することを確信する。こうして彼は、この清浄な光を発する「アル・ムターシムと呼ばれる男」の探究に一生を捧げようと決意する。アル・ムターシムのさまざまな反映や先行者のあいだを抜けて旅するうちに、物語の最後で、探し求める聖者らしき声を聞いた学生は、燦然と輝く部屋の垂れ幕を開けて中に入ってゆく……。小説の物語の紹介はここで終わり、書評家は続いて小説の初版と第二版のあいだにある明らかな違いを分析する。すなわち、初版の物語には超自然的な要素はほとんどなく、アル・ムターシムは一個の人間のような存在として描かれるのにたいし、第二版は主人公の旅の寓意的な意味が誇張され、アル・ムターシムへの接近は神へと上昇する魂の巡礼のように描かれている、というのである。ボルヘスの原文にはこうある。

アル・ムターシムは唯一神の表象であり、主人公の時を追って進められる旅は、神との融合を求めて上昇する魂の歴程のようなものとなる。そこには悲しくなるような細部も多い。コーチンから来た黒いユダヤ人は、アル・ムターシムの話になると、その皮膚は黒いという。あるキリスト教徒は、塔の上で両腕をひろげている彼の姿を描写する。赤い衣のさるラマ僧は「わたしがタシルンポ寺でヤクの脂をこねて造って崇めていたあの偶像のように」座っていたというアル・ムターシムの姿を記憶している。それらの表白はいずれも人間の多様さに応じて千変万化しながら顕現したまう唯一神の存在を暗示しようとしている。だが、わたしはこうした発想にはあまり興味がない。むしろもう一つの発想、すなわち全能の神もまた誰かを探し求め、その誰かも自分より優れた誰かを探し、こうして時間の終わりまで（むしろ無限に）、あるいは循環的にいつまでも探し続けるのだ、という暗示のほうを評価したいと思う。

（ボルヘス「アル・ムターシムを求めて」『伝奇集』一九四四）

このように、書き手ボルヘスが強調するのは、この小説が、遍歴の対象自体が遍歴者でもありうるという事実、いいかえれば、探索者と被探索者とが最終的には循環するようにして同一のものとなる事実を暗示しているという点である。探究者と被探究者は、たがいにおのれの分身のような存在である。それは観念的に言えば、「探究」という行為そのものの循環性・永遠性を語っているともいえる。さらに換言すれば、人は「探究」を通じて自らを多様な人格へと変容させ、また自らのなかに無限の先人や分身たちが流れ込んでくる、というのがボルヘスのたどり着いたヴィジョンなのであろう。書物を読むとは、まさにそうした循環的、自己増殖的、そして帰一的な「探究」の至高の形態にほかならなかった。そしてボルヘスは、この小説の文学的な典拠（分身＝反映）と思われるものを広範な文学史の中からとりだしてこの書評を終える。そこで言及されるのは、ラドヤード・キップリングの『城壁にて』やエドマンド・スペンサーの『神仙女王』、さらにはイサーク・ルリアのカバラ思想など、時間と空間をまたぐさまざまな人類の知の遺産であり、ボルヘスの頭にはそれらの作品が輪廻のように時空間を経巡《へめぐ》るイメージが映し出されているのである。

のちにボルヘス自身は、この「アル・ムターシムを求めて」についてこう語っている。

一人の人間が多くの人間でありうるという発想は、いうまでもなく文学的にはありふれたものだ。このテーマはふつう、倫理的なものとして受けとめられたり（ウィリアム・ウィルソン、ジキルとハイドなど）、あるいは遺伝的なものとして描かれたりする（ホーソーン、ゾラ）。「アル・ムターシムを求めて」では、この発想にある修正が施されている。ここで私が考えているのは、人は彼が語りかける人間一人一人によって、そしておそらく彼が読む本一冊一冊によって、たえず変化させられているということである。こうして私は、自分の周囲に薄らいでゆく光輪を放散させ、ついにその余光をたよりにやってきた一人の男によって存在を発見される、一種の聖人の物語へと行きついた。話の筋が寓意的なものだったので、ごく自然に舞台は東洋に限ると思った。キップリングから恩義を受けている私にとって、インドはほとんど無限の多様体として存在するからである。

（「自著註解」『アレフその他の短編集 1933–1969』英語版、一九七〇）

多数多様体としての人間、多数多様体としての書物、そして多数多様体としての土地。そのような連続した鏡像関係と無限連鎖のイメージが、ボルヘスの創造の泉として存在することは言を俟たない。

アル・ムターシム المعتصم とは、実在の八世紀アッバス朝第八代カリフの名であるが、ボルヘスは「八つの戦いを勝ち抜き、八男八女をもうけ、八千人の奴隷を所有し、八年八ヶ月と八日の長きにわたって君臨した」と形容しつつ、この名は「救いを求めるもの」という原義をもつと述べている。いうまでもなく数字の「八（＝8）」とは、聖書やカバラ秘数学で復活や救いを意味する秘数であり、それは無限を示す記号「∞」を回転させた形をしている。この無限記号の由来にはいくつもの説があり、ローマ数字の一〇〇〇（CIↃ）を示すとか、ギリシャ字母の最後の文字「ω」（オメガ）を意味するとかいわれているが、いずれにしてもボルヘスの「八（＝8）」という数字へのこだわりは、アル・ムタ－シムという符牒をつうじて、無限に増殖しつつ一つの存在へと帰一する人間そして書物の隠喩を、そこで示そうとしたからにほかならない。

「アル・ムタ－シムを求めて」の末尾で、ボルヘスは「現在の書物が古い時代の書物から派生したものである」ことを、書物の名誉としてはっきりと書きとめている。さらにいえば、過去の書物が未来の書物の典拠となるだけではない。未来の書物が、過去の書物の再来であるかのように書かれることで、逆に過去の書物の意味がはじめて未来において開示されることさえある。その意味では、書物の派生とは、過去に向かっても起こりうる、一つの秘儀的な変成のメカニズムだとも言えるのである。そして「アル・ムタ－シムを求めて」は、その後のボルヘスの巧緻きらめく短篇を準備した原型であるとともに、その後の短篇作品によって、はじめてその真の意味を開示された終局的な一篇として、「ボルヘス」という秘め事の円環的構造の始めと終わりを画す、真に根源的なテクストとなったのだった。

ボルヘス、ウルフ、カフカ、ミショー

人間が多数多様体へと増殖し、一冊の書物が異なった書物をつぎつぎと派生させてゆくというボルヘスのヴィジョンは、「翻訳」という行為の意味をあらたに捉え直すことによっても語ることができるかもしれない。じっさい、『伝奇集』を構成することになる多くの短篇が書かれたのと同じ時期、ボルヘスはおどろくほど多産な「翻訳者」でもあった。いくつかの書目を列挙すれば、一九三七年に

ヴァージニア・ウルフの『オーランドー』（スール社）を、一九三八年にはフランツ・カフカの『変身』ほか七篇（ロサーダ社）を、そして『伝奇集』の前身である『八岐の園』刊行の前年の一九四一年にはアンリ・ミショーの『アジアにおける一野蛮人』（スール社）を、ボルヘスはブエノスアイレスの書肆から立て続けに翻訳刊行しているのである。それぞれ英語、ドイツ語、フランス語からの翻訳であり、一般的にはこうした多言語を操るボルヘスの語学的博識に驚異の目が向けられる出来事であろう。だが問題はそこではない。なぜならここで真に驚くべきは、ボルヘスが翻訳したこれら三冊の書物自体が、ボルヘスの小説家としての根源的ヴィジョンを共有し、あたかも『伝奇集』の影の分身のようにふるまうことによって、書物なるものの共鳴体としての多数多様性を示唆している、という点にあるからである。

たとえばヴァージニア・ウルフの奇想天外なメタ伝記小説『オーランドー』（一九二八）は、ボルヘスによれば、時というテーマへの没入であり、夢と現実が交差する音楽のような著作である。それはもっとも独創的で、強度のある、しかし絶望的な主人公の物語であり、三〇〇年前のイギリス青年貴族を、意味ある人格として現代世界に呼びだし、再生させ、女にまで変身させる。それは、主人公を媒介にして、物語自体がイギリスとイギリス詩そのものの象徴とさえなっているかのようである。このような理解は、そのままボルヘスの小説がもつ変容可能性、そして固有性と文学伝統との相互浸透の世界をみごとに言い当てているようにも見える。

カフカの死後、その未刊の短篇作品がドイツで『万里の長城』（一九三一）として日の目を見てから間もない、世界的にも非常に早い時期での、『変身』と題するカフカ短篇集の翻訳は、ボルヘスにとって、他者のテクストの言語的変換行為をはるかに超えた刺激的かつ自己言及的な実践であったにちがいない。ボルヘスは、この訳書の序文で、カフカの短篇の特徴を「簡潔で無駄口のない悪夢」であるとし、そこに描かれた「無限に続く位階制《ヒエラルヒー》」と「服従の連鎖」の図式につよく惹かれている。「忘れがたい短篇「万里の長城」では、無限は幾重にも輻輳している。そこでは、無限に遠い辺境にいる軍の行路を阻むために、時間的にも空間的にも無限に離れた存在である皇帝が、無限に続く世代に対して、彼の無限に広大な帝国を囲みこむ無限の城壁を無限に積み上げるよう命じるのである」（ボルヘス「序文」、カフカ『変身』ロサーダ社刊、一九三八）。

この、「無限の劇場」のなかでの悲哀と遅延は、まさにボルヘスの『伝奇集』そのものの通奏低音となるテーマにほかならない。ボルヘスはさまざまな著作においてカフカに触れているが、そのうちの一つ、「カフカとその先駆者たち」と題された掌篇エッセイで、ボルヘスは、ある作家や作品を論じるときの、先駆者とのあいだの「影響関係」や作品の「優劣」といった発想はまったく不純なものであり、排除しなければならないとしながら、こう刺激的に書いている。

おのおのの作家は自らの先駆者を創りだすのである。その作品は、未来を変えるのと同じように、われわれの過去の観念まで変えてしまうのだ。こうした相関関係においては、人間なるものが一個の人格であるか、複数の人格であるかはまったく問題にならない。

（「カフカとその先駆者たち」『続審問』一九五二）

翻訳という行為を通じて示される、書物＝作品なるものの共鳴的・鏡像的な相互関係を実践するという地平において、ボルヘスの「翻訳」と「創作」がまったく同じ位相にある行為であったことが、こうした文章から深く了解される。そしてそうした地平では、「カフカ」という著者と「ボルヘス」という著者の固有性や単独性の輪郭も溶解してしまうのである。

さらに、もう一冊の訳書であるミショーの『アジアにおける一野蛮人』（原著一九三三）。パリに背を向け、西欧の文学的密議を疑い、一方で、それと同じほど公正な観点から「東洋的叡知」なるものにたいしても懐疑の目を向けた特異な詩人ミショー。いかなる地域の伝統にも帰依しない、ローカルな知的迷信からもっとも遠い存在。ボルヘスによれば、『アジアにおける一野蛮人』を訳したのは、作家的「義務感」からではなく、まさに創造的な「たわむれ」としてだった。ミショーが東洋の象形文字による詩から直観した、言語が、音声的な記号であるばかりでなく視覚記号でもあるという発見と、その事実を詩と素描による記述の遊戯的実験によって示したミショーの作品にたいし、ボルヘスは誰よりも深い共感と連帯を示している。『アジアにおける一野蛮人』もまた、『伝奇集』によってあらたに創造された、異形の「先駆者」にほかならなかったのである。

もはや繰り返す必要もないだろう。ボルヘスはただ名著の翻訳を志したわけではなかった。淡々と翻訳という仕事に機械的に向きあっていたわけでもなかった。むしろ、これらの作品の翻訳の行為とは、彼の短篇の執筆と地平を同じくする創造的な実践であり、影響とか感化とか習練とかいった凡庸な関係性を示す概念ではけっして捉えることのできない行為だった。それは、文学的に見て通時代的・通空間的、さらにいえば通人格的な相互作用と連続性が文学という領土に生きていることを証明するための、ボルヘスにとって不可欠の実践でもあったのである。

ここにも書物と書物の相互反映、相互浸透、派生、増殖、多様体のはたらきへの深い信頼がある。初期のエッセイ「ホメーロスの異本」Las versiones homéricas のなかで、ボルヘスは、すべての翻訳は

“versión”すなわち一つの異本、一つの見地、一つの草稿にすぎない、と断言しながらこう書いている。

話しことばが数え切れないほどの反響を呼ぶという事実を考慮に入れれば、テクストについても同じことが言える。（……）チャップマンからマニャンに至る『イーリアス』の数多くの翻訳は、ひとつの可変的な事実をさまざまな視点からとらえ直した、省略と強調による籤引きのような長い実験の連鎖にほかならないのではないか？（……）本来的に言えば、草稿《ボラドール》しか存在しない。決定版テクストという概念は、せいぜい宗教か精神の疲弊に見合うものにすぎない。

（「ホメーロスの異本」『論議』一九三二）

「異本《ベルシオン》」versión という鍵概念は、ときには「草稿＝下書き《ボラドール》」borrador ということばに置き換えられているが、ボルヘスの意味するところは変わらない。決定的であること、最終的であること、すなわち文学的テクストの「完成」という思い込みを退けたところにこそ、異本＝翻訳の可変的真実がある。そしてこの考え方を敷延すれば、それは「翻訳」という限定された領域にだけあてはまるわけではない。小説を書くという行為もまた、一つの異本《ベルシオン》＝草稿のかぎりない連鎖の行為にほかならないからである。

そうであるとすれば、ボルヘスのいう「フィクシオン」ficción には「ベルシオン」versión という意味が、その脚韻の機知とともに、まちがいなく宿されている。ボルヘスの「フィクシオン」を「虚構」とか「創作」とかいった一般的な訳語によって受けとめることができないのはそのためだ。この「フィクシオン」とは、いわば創造性をめぐるもっとも深い真実を示す、属的《ジェネリック》な概念であり、それは存在するすべてのテクストとその作者の存在の反映・反響が交差する文学的特異点なのである。

その意味で、『伝奇集《フィクシオネス》』*Ficciones* と題されたボルヘスの書物がその表題において示すものの豊かな交差と交響は、このタイトルの暗示する思想の強度にかかっているのだ、といえるだろう。ボルヘスはある対談で、この表題が、書籍編集者とのあいだのちょっとした誤解、考えのすれ違いによってついてしまった、と語っている。ボルヘスによれば、彼自身は『作り事とたくらみ』*Ficciones y Artificios* といった表題を考えていたのだという。だが「作り事」も「たくらみ」も、すでに前章でブランショを引いたように、どちらも「小説」なるものの存在論的な特性を示す、観念的な語彙でもありうる。ボルヘスがこうした概念を表題にあてた意味は、それが「小説」のもっとも深遠な本質だからである。これらの言葉がボルヘスにとっての創作の真実を示す純粋に「属的」な概念として使用されていることを、読者はけっして忘れることはできないのである。

ボルヘスは「フィクシオン」というタイトルを持った書物を著すことで、メタレヴェルの「虚構」論を、あるいは「虚構」や「たくらみ」の創造と文学的操作をめぐる哲学と美学を、ここに打ち立てようとしていたに違いないのである。

『伝奇集』の成立史

このあたりで、客観的事実として、『伝奇集』の原著スペイン語版書籍の書誌的な成立史を概観しておく必要はあるだろう。それは、この本の前身をなすボルヘス最初の短篇小説集『八岐の園』の一九四二年の登場にはじまり、一九四四年の初版『伝奇集』の刊行、その一二年後の第二版の刊行、そしてさらにその一八年後に刊行された一巻本『全集』のなかに収録されての改訂、というおおまかな道筋をたどる。以下、収録された各短篇の雑誌初出情報とともに、各版（各エディション）に収められた作品名を収録順にあげてみよう。刊行された場所はすべてブエノスアイレスである。

❖『八岐の園』*El jardín de senderos que se bifurcan*（スール社、一九四二）
「トレーン、ウクバール、オルビス・テルティウス」（初出『スール』誌、一九四〇年五月）
「アル・ムターシムを求めて」（初出『永遠の歴史』一九三六）
「『ドン・キホーテ』の著者、ピエール・メナール」（初出『スール』誌、一九三九年五月）
「円環の廃墟」（初出『スール』誌、一九四〇年一二月）
「バビロンのくじ」（初出『スール』誌、一九四一年一月）
「ハーバート・クエインの作品の検討」（初出『スール』誌、一九四一年八月）
「バベルの図書館」（本書に初出。ただし先駆形「完全図書館」の初出『スール』誌、一九三九年八月）
「八岐の園」（本書に初出）

❖『伝奇集』*Ficciones*（スール社、一九四四）
第一部「八岐の園」（上記八篇）
第二部「工匠集」Artificios
「記憶の人、フネス」（初出『ラ・ナシオン』紙、一九四二年六月）
「刀の形」（初出『ラ・ナシオン』紙、一九四二年七月）
「裏切り者と英雄のテーマ」（初出『スール』誌、一九四四年二月）

「死とコンパス」（初出『スール』誌、一九四二年五月）
「かくれた奇蹟」（初出『スール』誌、一九四三年二月）
「ユダについての三つの解釈」（初出『スール』誌、一九四四年五月）

❖『伝奇集』*Ficciones*（第二版、エメセ社、一九五六）
第一部「八岐の園」（上記八篇）
第二部「工匠集」（上記六篇のあとに三篇追加）
「結末」（初出『ラ・ナシオン』紙、一九五三年一〇月）
「フェニックス宗」（初出『ラ・ナシオン』紙、一九五三年二月）
「南部」（初出『スール』誌、一九五二年九〜一〇月）

❖『全集』*Obras completas*（エメセ社、一九七四、一巻本）
「伝奇集」ほか（「アル・ムターシムを求めて」が「伝奇集」から削除され、同『全集』に収録された「永遠の歴史」の「覚書」のなかに移される）

初版『伝奇集』（一九四四）は、それじたい少し不思議な構成をしている。あたかも二冊の本が一冊の本に合体しているような印象を与えるのだ。すでに述べたように、『伝奇集』の第一部は、初版刊行の二年前に出た一冊の短篇集『八岐の園』（原題をより逐語的に訳せば「枝分かれする小径の庭」）をそのタイトルのもとにまるごと収録したものであり、そこにはおなじ「序文」が再度掲げられてい

図Ⅱ–1　右が初版『伝奇集』(1944)，左が第二版『伝奇集』(1956)

る。一方、あらたに加えられた第二部「工匠集」Artificios の冒頭にも、この六篇をめぐる「序文」が付されていて、こうした体裁が、まるで二冊の本を合体させたかのような印象を与える要因となっている。やがて一二年後の第二版において、第二部「工匠集」の部分に三篇の短篇が加えられ、さらに一八年後の一巻本『全集』刊行の際に、第一部「八岐の園」から一篇が除かれる。一冊の書物としての変容が、その内部に組み込まれた二冊の書物のそれぞれの変容として起こっている、という複雑な事情なのである。

　こうして見ると、これら各エディションが刊行されてきた三二年間のあいだに、『伝奇集』という書物のテクストは一度として同じ内容ではなく、改版のたびに明らかな変容を遂げていることがわかるだろう。そしてすでに触れたように、一巻本『全集』の刊行以後に新たに編集されたポケット判の普及版も現在までにすでに数多くの版、異本を数えるが、そのすべての版において、『伝奇集』は「アル・ムターシムを求めて」を除外したかたちで刊行されている。この原則は、マドリッドのアギラール社が「コレクシオン・クリソル」という6×8センチの豆本シリーズの一冊として一九八一年に出版した異色の特製本に至るまで、徹底されている。少なくとも原スペイン語版では、『伝奇集』は「アル・ムターシムを求めて」を除いたかたちで「決定版」の認知を得ているように思われる。これは、一九七四年の一巻本『全集』において確定された収録作を、その後の単行本化の際にも踏襲した編集的措置であると考えられるが、一巻本『全集』刊行の一二年後に死去したボルヘスが、もし生きていたらその後のこうした措置についてどのように受けとめたかは興味深い問いであろう。すべてが「異本」であり決定版は存在しない、と書いたボルヘスであれば、流通するいくつもの『伝奇集』が、それぞれの版において異なった内容や章立てをもつことのほうを、むしろ刺戟と感じたかもしれない。

さて、『伝奇集』の変幻自在なありようを実感するために、スペイン語以外の言語での刊行史（翻訳史）についても、ここで簡潔に触れておくべきだろう。『伝奇集』に収録されることになる短篇の一部が最初に翻訳されたのはフランス語においてであった。そのきっかけは、フランスの作家・批評家ロジェ・カイヨワが、一九三九年にブエノスアイレスにやって来てこの街で数年を暮らしたことにはじまる。ナチスによるパリ侵攻を逃れたカイヨワはこの一時的な亡命先で、ボルヘスも定期的に寄稿していた『スール』誌の援助を受けて、フランス語の文芸雑誌『レットル・フランセーズ』*Lettres Françaises* を創刊し、ホセ・ビアンコとともにその編集に当たった。そしてその一四号（一九四四年一〇月）にネストル・イバーラ訳による「バビロンのくじ」と「バベルの図書館」が、「アッシリアの女たち」*Assyriennes* なる表題でまとめて掲載されることになったのである。ブエノスアイレスでの『伝奇集』初版の刊行直後のことであり、ボルヘス作品のもっとも早い仏訳であり、すなわち世界において最初の外国語による翻訳であった。

こうした流れをうけて、『伝奇集』一巻は、〝Fictions〟というタイトルのもと、一九五一年にパリ、ガリマール書店から、ポール・ヴェルドヴォワとネストル・イバーラの訳で刊行された。アルゼンチ

図Ⅱ-2　ガリマール書店「南十字星叢書」の『伝奇集』（1951）

ンからパリに戻ったロジェ・カイヨワが監修し一九五一年から刊行を開始したガリマール書店の「南十字星叢書」*Collection La Croix du Sud* の、栄誉ある第一冊目としてであった。「南十字星叢書」は、『伝奇集』につづいて意欲的な翻訳書をつぎつぎと刊行していった。初期の刊行書のなかには、ベネズエラの作家ロムロ・ガジェゴスの傑作『ドニャ・バルバラ』（一九五一）、キューバの作家アレホ・カルペンティエールによるハイチ革命を素材とした『この世の王国』（一九五四）、アルゼンチンの作家エルネスト・サバトの『トンネル』（一九五六）、ブラジルの作家ジョルジ・アマードの『砂の戦士たち』（一九五二）といった小説作品だけでなく、キューバの民俗学者リディア・カブレーラの『新キューバ黒人民話』*Cuentos Negros De Cuba*（一九五二）や、ブラジルの社会学者ジルベルト・フレイレのブラジル文化史研究の金字塔『大邸宅と奴隷小屋』*Casa Grande & Senzala*（一九五二）といった重要作まで、ラテンアメリカ文化全般にわたる先鋭的で目配りの広い選択がなされていた。のちのラテンアメリカ小説の「ブーム」をいち早く準備し、西欧社会にとって当時はまだ謎に包まれていたこの大陸の知的資産を広く紹介したという点で、「南十字星叢書」は特別に記憶すべき運動だったといえるだろう。そしてまさにボルヘスの翻訳こそが、その運動の先陣を切ったのである。

　フランス語版につづいて、一九五五年にはイタリア語版がフランコ・ルチエンティーニ訳で『バベルの図書館』*La Biblioteca di Babele* と題してトリノのエイナウディ社から刊行される。『フィクシオネス』という原タイトルを捨て、集中の一短篇の表題を書名に採用したこのイタリア語版は、いうまでもなく「バベルの図書館」という固有の一篇の存在を強く西欧の読者に印象づける役割を果たすことになった。図書館という空間を書物の迷宮のイメージへと豊かに変容させ、マニアックな書誌学的博識を魅惑的にちりばめながら物語られた本篇は、のちにイタリアにおいてフランコ・マリーア・リッチ社から一九七五年に刊行がはじまるボルヘス監修による世界の名作翻訳コレクション《バベルの図書館》（全三三巻）という画期的な企画にもつながっていった。さらに「バベルの図書館」の谺《こだま》は、中世の不思議な写本をめぐる謎を修道院を舞台に推理小説的なプロットとともに描き出したイタリアの作家・記号学者ウンベルト・エーコの傑作小説『薔薇の名前』（一九八〇）に、ボルヘスを彷彿とさせる「盲目の師ブルゴスのホルへ」が登場することによっても確認できるだろう。イタリアにおけるボルヘス紹介の流れは、「バベルの図書館」という一篇の強力な喚起力を一つの旗印にして、特異な衒学的・知的伝承の系譜を創りだしていったのである。

『伝奇集』が一冊の書物として、ボルヘスのもう一つの母語というべき英語で読めるようになるには、少々時間がかかった。収録作の最も早い英訳は、異色の作家ポール・ボウルズ訳による「円環の廃墟」The Circular Ruins が一九四六年の『ヴュー』誌（一九四五年創刊のアメリカのシュルレアリスム思想関連雑誌）の第五巻第六号に掲載されたときである。その二年後には、SF編集者で批評家のアンソニー・バウチャー訳による「八岐の園」The Garden of Forking Paths が『エラリー・クイーンズ・ミステリー・マガジン』誌の一九四八年八月号に掲載されて一部の好事家の話題となった。英語によるボルヘスの初期の受容にミステリー系フィクションとしてのアクセントが強くはたらいていたことは興味深い。しかし、英語圏においてボルヘスの認知が一気に加速したのは、ボルヘスがサミュエル・ベケットとともに、一九六一年のフォルメントル国際出版社賞を受賞したことがきっかけである。この翌年の一九六二年、ついに『伝奇集』の英訳が二種類翻訳刊行される。どちらもスペイン語原著『伝奇集』の第二版（一九五六年版）を底本とするものだったことが、初版（一九四四年版）を底本とした初期のフランス語版やイタリア語版とはちがっていた。うち一冊（ニューヨーク、グローヴ・プレス版）はスペイン語題をそのまま採用して『フィクシオネス』*Ficciones* とし、アンソニー・ケリガンの編集のもと、第一部八篇、第二部九篇の計一七篇の短篇を、原著と同じ構成で忠実に翻訳したものだった。同じ年に出たもう一冊の訳書（ニューヨーク、ニュー・ディレクション版）は『迷宮』*Labyrinths* と題されたアンソロジーで、『伝奇集』から一三篇、さらにすでに原著が刊行されていた第二短篇集『アレフ』（一九五七）から九篇の短篇小説が訳出され、ほかにも『論議』『続審問』『創造者』から一八篇のエッセイや掌篇が訳出されて収録されていた。これらはボルヘスの名声が国際的に高まるにつれて長く版を重ねたが、現在では英語圏におけるボルヘスの『伝奇集』の流通は、以下の二つの版にほぼ落ち着いている。一つが上記グローヴ・プレス版をもとに詳細な年譜と解説を付したクノップフ社の「エヴリマンズ・ライブラリー」シリーズの一巻である『フィクシオネス』*Ficciones*（一九九三）。そしてもう一冊がアンドリュー・ハーレイ編訳によってペンギン・クラシックスの一巻として出た『フィクションズ』*Fictions*（二〇〇〇）である。どちらも一九五六年の原著第二版を底本としているため「アル・ムターシムを求めて」が収録されており、この点において、現時点で普及しているスペイン語の決定版『伝奇集』*Ficciones* の各版とは、内容の相違を見せていることになる。

最後に、日本語版についても簡潔に触れておこう。一九六八年に出た初訳は篠田一士《はじめ》によるもので、集英社版『世界文学全集　第34巻』のなかに「伝奇集」として、原著第二版を底本に訳出された計一七篇の短篇が収録されている。「伝奇集」という、日本ではすでに定訳となったこの絶妙な表題も、このとき創案されたものである。篠田一士による『伝奇集』の翻訳は、その後四つの版（異本）を重ねた。単行本『伝奇集』（〈現代の世界文学〉シリーズ、集英社、一九七五。末尾に『エル・アレフ』所収の「不死の人」の翻訳も付されている）、一九七四年の一巻本『全集』を底本として改訂された『集英社版世界の文学　9　ボルヘス』（一九七八。他に「エル・アレフ」「汚辱の世界史」を収録）、『筑摩世界文学大系　81』（筑摩書房、一九八四）にナボコフ「青白い炎」と一緒に収められた「伝奇集」（他に「エル・アレフ」「ブローディーの報告書」）、そして『集英社ギャラリー〈世界の文学〉19　ラテンアメリカ』（一九九〇）における「伝奇集」（他に「エル・アレフ」「砂の本」）である。英文学者としての出自を持ちながら、二〇世紀の世界文学のあらたな潮流のなかで言語の枠組みを超えて翻訳と批評の領域を拡大した篠田一士によるボルヘスの日本語への媒介は、日本における外国語文学のあらたな脱領域的受容にとって大きな役割を果たした。篠田につづき、土岐《とき》恒二や中村健二、さらには柳瀬尚紀といった英文学出身の訳者がボルヘスの日本語への媒介を担うことになるのも、篠田という先駆者の存在によってスペイン語という固有言語の枠を超えるボルヘス宇宙の秘儀的な「汎言語性」が直観されたことを抜きにしては考えられないだろう。

一方、スペイン語文学の専門家として、ボルヘスの『伝奇集』を日本語に媒介したのが鼓直《つづみただし》である。鼓による最初の訳も、一九五六年の原著第二版を底本としており、主婦の友社から刊行された『キリスト教文学の世界　18　バレーラ　ボルヘス』（一九七八）に「伝奇集」として収録されている。篠田訳の出現から一〇年後のことであった。この訳業はその後、単行本さらに文庫本として二つの版に結実することになる。それらが単行本『伝奇集』（福武書店、一九九〇）であり、文庫本『伝奇集』（岩波文庫、一九九三）であった。それぞれの版の刊行時に訳文の改訂がなされており、岩波文庫版は現時点での「決定版」ともいえ、いま日本で流通する唯一の『伝奇集』の訳書となっている。スペイン語の専門家の側からのボルヘス作品の翻訳は、鼓を先駆として牛島信明、木村榮一、野谷文昭といったスペイン・ラテンアメリカ文学者を中心に精力的な紹介がなされてきた。一人の世界性をもった作家が、二言語で書いたのではないにもかかわらず、英語とスペイン語という異なった言語文学世界を出自にもった二種類の翻訳者グループによって日本に媒介される、という稀有な事例はボルヘスを擱《お》いて他にはないかもしれない。翻訳書という切り口からボルヘスの『伝奇集』を概観するだけで、この作品の孕む言語的な重層性やその書物宇宙の交響性が、翻訳書が成立するさまざまな過程においても豊かに反映していることが理解されるであろう。

原著のさまざまな異本たち、そして各国語に翻訳されてさらにその存在を拡散させていった訳書の膨大な異本の数々をいま手元に並べてみる。めくるめくような感触が、書物たちをめぐって現れてくる。それをひとことで言えば、本という存在を、ヴァージョン、エディションの無限増殖する多様体としてとらえるような視点である。『伝奇集』という「一冊の本」は、多数多様体としての書物の純粋でもっとも本質的な存在そのものを示しているのだ、という直観が不意に訪れてくる。

ボルヘスの死の二年後の一九八八年、マドリードのアリアンサ社から『私設図書館』*Biblioteca personal*と題するボルヘスの遺著の一つが刊行されている。これは、晩年のボルヘスがバルセロナの書肆イスパメリカ社の依頼に応じて、古くはバガヴァッド・ギーターからヘロドトス、在原業平やマルコ・ポーロ、そして同時代のファン・ルルフォやフリオ・コルターサルに至るまで、古今東西の書物からきわめて私的な選択によって選び出した一〇〇冊を、私的なエッセイ風の短い解説を加えてコレクションにするという企画の副産物であり、死の直前までにボルヘスが書きあげた六四冊の本にたいする機知あふれる短いテクスト群が、この本に収録されていた。しかもボルヘスは、この魅力的な叢書の各巻の巻頭におくコレクション全体の「序文」を書き終えていた。その「序文」の最後を、ボルヘスは彼自身の書物哲学を凝縮したともいうべきこんな一節によって結んでいる。

一冊の書物とは多くの物の中の一つの物であり、それ自体の示す象徴《シンボル》に宿命づけられた読者と出会うまで、それは異なった宇宙を生きる無数の巻のなかに紛れている。その出会いの瞬間、「美」と呼ばれる唯一無二の感興が生まれる。この大いなる感興の秘密は、心理学も修辞学も解読することはできない。アンゲルス・シレジウスはこう言った、「薔薇（が咲くの）に理由はない」。二世紀後、ホイッスラーはこう言った、「芸術はただ生じる」。願わくば本書が待ち望んでいたのが、読者であるあなたであらんことを。
（「序文」『私設図書館』一九八八）

ボルヘスの遺言とも言える一節だろうか。ボルヘスによって夢想された永遠の私設図書館。そしてこの「序文」の一節は、すでに本章で語ってきたことをふまえれば、『伝奇集』にたいして言われたものであると考えても少しも不自然なことはないだろう。「多くの物の中の一つ」としての書物。無限とも思える多様な物と事のあらわれの中に潜むようにして、おのれの飛躍と光輝の瞬間を待ち望む断片。小さく、謙虚な一冊でありつつ、言葉の創造物すべてを含み込んで「多即一」の宇宙を永遠に具現化しようとする途方もない意思と偶然の凝集体……。

このようなボルヘスの書物哲学は、晩年に書かれた詩「一冊の書物」（『夜の歴史』所収）のなかでも、ほとんど同じ表現を冒頭に書きつけながらこう開陳されていた。

多くの物の中の一つにすぎない
しかし同時に、それは武器。
一六〇四年、イングランドで鍛造され、
一つの夢を込められた。自らの内に
爆音と忿怒と夜闇と深紅を秘めている。
わたしの手のひらはその重さを測る。
あるいは地獄を隠しているのでは――
出産を司る髭ある魔女たち、
闇の掟を告げる短剣、
城に吹きつける敏感な風が
お前の死を見届けるだろう
海を血で染めるほどの優美な手、
剣、そして闘いの雄叫び。

この音なき喧騒が　そこに眠る。
静謐な書棚に並んだ無数の書物の一冊として
眠りながら時を待っている。

（「一冊の書物」『夜の歴史』一九七七）

ここで暗示されている、一六〇四年にイングランドで「鍛造」された精神の武器のような書物とは、ウィリアム・シェイクスピアの戯曲『マクベス』のことである。実際ボルヘスは、一九七〇年、ブエノスアイレスのスダメリカーナ社刊のスペイン語訳『マクベス』に思い入れたっぷりの序文を書いてもいる。だが、この「一冊の書物」なる詩は、『マクベス』という「多くの物の中の一つ」について語りつつも、同時に、その「一冊」がいかなる本でもありうるという奇蹟、その夢を、語っているテクストでもある。この詩の一行一行の比喩が、不思議に鋭敏な直観とともに、『伝奇集』という書物の隠された精神をも指し示しているという真実に、私は深く心動かされる。『伝奇集』は、まさに一冊の「音なき喧騒」として書棚のなかに潜み、その存在が私たちの目と耳によって気づかれ、そこから発せられる多義的な暗号を私たちが感受する奇蹟のような瞬間を、無時間の迷宮のなかで待ちのぞんでいるのである。

「書物」という対話の場

『伝奇集』とは、いまも、静かに眠りながら真の読者との出会いを待ちつづける、秘儀的な書物である。『伝奇集』に収録された作品を、そのスタイルや物語の特性によって簡単に概観するだけでも、この書物のもつ秘儀的でキメラ的な性格を即座に直観できるであろう。

二〇代の早熟な詩人としての、大げさで人工的な比喩表現を多用したバロック・スタイルの重厚な文体（「スペイン語で書かれたラテン語」と、彼は自身の若い時期のスタイルを揶揄している）に見切りをつけたボルヘスは、一九三〇年代から、簡潔で短く、ぶっきらぼうとすら感じられるほどの直截な文体を使用しながら、自らの「小説」の叙述作法を再編していった。それらは簡潔ではあったが、豊かな含みを持ち、短くともその輪郭は前後に揺らぎ、部分が永遠とも思われる全体宇宙を志向するかのような世界がそこに魅惑的に現出していた。

だが文体にとどまらず、『伝奇集』のなかで語られる物語世界の不思議さ、類例のなさにこそ驚嘆すべきである。それらの物語（便宜的に「短篇」と呼んでおこう）は、ジャンル的にそれまで存在したいかなる分類をもすり抜けるようなものであった。

たとえば「トレーン、ウクバール、オルビス・テルティウス」「バベルの図書館」「バビロンのくじ」「円環の廃墟」「かくれた奇蹟」「南部」といった短篇。これらは、従来の分類から言えばSFないしはファンタジーとして読まれうるような内容を持ってはいたが、それらの物語の錯綜した筋の周囲にはいくつもの形而上学的な主題がちりばめられていた。偶然と意図的選択のあいだの闘争、歴史の記述をめぐる哲学的問い、「現実」なるもののさまざまな水準に関する考察、直観と想像力のあいだの関係性、などといったテーマは、これらの短篇が従来のジャンル的な小説作品として消費されることを拒む、文学的洗練と高度な思想性を豊かに分泌していた。

「アル・ムターシムを求めて」「『ドン・キホーテ』の著者、ピエール・メナール」「ハーバート・クエインの作品の検討」「ユダについての三つの解釈」などの短篇は、どれも「書評」ないしは「批評エッセイ」のように読むことができたが、すでに見たように、それらの記述が依拠する世界は現実と幻想との混合体であり、語られる本も著者も、その存在は不可思議な輪郭と曖昧な信憑性のなかでたえず揺らいでいた。

「記憶の人、フネス」「八岐の園」「刀の形」はどれもみな「フィクションについてのフィクション」

という体裁をとっており、この手法は、その後のポストモダニズム文学における「メタフィクション」の技法をきわめて早い時期に先取りするものとして、ボルヘスのアクチュアリティ、さらには未来性の根拠としていま熱心に議論されているものである。

「八岐の園」「死とコンパス」「裏切り者と英雄のテーマ」などの短篇は、明らかに「推理小説」のスタイルを借り受けて書かれているが、それは物語が探偵小説じみているという意味ではなく、むしろ物語を「事実」に依拠しながら進行させる手際や叙述手法に、そうしたジャンルの開発した方法論が活用されている、という意味においてである。そこで読者は数多くの事実や兆候を出来事の証拠として与えられ、自ら物語の謎に向けて探究を進めてゆくよう促されることになる。

「円環の廃墟」「バビロンのくじ」「フェニックス宗」の三篇は、はるかな太古と遠い場所に舞台を置いた、ほとんど神話か伝説の語りに近づいているが、そこから滲みだす寓意の象徴的な鋭さによって、無時間の彼方から現代に向けて放たれた鋭い批評の矢のような印象を強く読者に残すものとなっている。

こうみてくれば、これから本書で見ていく、ジャンルの境界と戯れるボルヘスの遊戯的な「作り事」と「策略」の方法論と物語とを、おおいなる期待を持って予感することができるだろう。諷刺、冗談、狂気、戯れ。こうした要素が、学識と博覧強記と深い叡知とともに並び立つ唯一無二のテクスト群。しかもそこには、「短篇」「掌篇」であることから来る、そつけないほどの冷静かつ厳格な「質実さ」《ラコニズム》 laconism がある。「ラコニズム」とはギリシャ語の「スパルタ人」(=Lakon)に由来し、スパルタ人たちの無口で質実剛健な性格への賛美に起源を持つ、意味の彩をかかえた概念である。いまや「スパルタ式教育」というような用法でのみ生き長らえてしまったこの精神の寡黙な美質は、喧騒化された現代社会の窮地のなかで、ボルヘスとともに、ふたたび私たちが取り戻すべき美学の方向性を暗示しているのである。

夢の特徴は、と訊かれたら、ボルヘスなら簡潔にこう答えるだろう。「短いこと」。夢が短いことこそ、ボルヘスが創造した作品がすべて例外なく「短篇」であることの根拠である。ボルヘスが愛した『千夜一夜物語』の構造もまた、一夜の夢見を過ごす前の短い物語の連鎖であり、一篇が短いからこそ、その続きへの期待がいっそう深まるのである。しかもこの「続き」とは、かならずしも筋が連続しているという意味ではない。『千夜一夜物語』が示すように、そこでは、「短いお話」という感興の続きが次の日の夜にも約束されている、という喜びこそが、物語の喜びの本体なのであった。

しかも夢は断片的である。断片のままに自らを主張し、けっして全体を誇張して見せることはしない。それは全体化し、包摂する力に抵抗する。それは現世の理路に従わない。夢にはあらゆる飛躍、逆行、反復が仕組まれている。それは空間的・時間的秩序と思われているものから自由となり、日常の規範をすべて棚上げし、夢自体の「秩序=混沌」を指向することができる。しかも意外なことに、夢は無口である。こうした夢のすべての特徴が、ボルヘスの「ラコニズム」との親和性を示してはいないだろうか。短いが含みがあること。簡潔で、ぶっきらぼうですらあり、饒舌に話したがらないものの、微かな断片や揺らぎのなかに、真実の深々とした感触がただよっていること。

『伝奇集』は、そのような夢の書である。迷宮を駆ける虎の夢見である。ボルヘス自身が『千夜一夜物語』のガラン版に寄せた序文で語っていたように、一つ一つのエピソード的短篇を読むことから得られる喜びは、つきることなく流れつづける大河を前にしているという意識を呼び出す。短い流れの断片であるからこそ、その水が形成する宇宙の大河を想像することができるという神秘的な逆説。そして、物語の一つ一つとはまた、さまざまな写本、異本、偽本、翻訳本の一つ一つのことでもあり、これらの星の一つ一つはやがて未知の星座を描きだし、それらは多数多様体として結び合う書物の宇宙へと連なってゆく。

ボルヘスは、古今東西の書物と著者をめぐる文学論的なエッセイをまとめた『続審問』のなかで、「書物」なるものの究極の存在論的意味を、こう書きとめていた。

書物は孤立した「もの」ではない。それは一つの関係、いや無数の関係が集まる軸である。時代を隔てて書かれたある文学と別の文学を分けるのは、テクストそのものの違いではなく、それがいかに読まれるかの違いである。現在書かれた一ページ——たとえばこの本のこのページ——を西暦二〇〇〇年に読まれるであろう仕方で読むことができれば、二〇〇〇年における文学がどのようなものであるかをわたしは知ることができるだろう。

（「バーナード・ショーに関する（に向けての）覚書」『続審問』一九五二）

関係性の束としての書物。時を隔てた、空間を隔てた、そして人格を隔てた「対話」。その対話の場が「書物」という多様体にして一冊でもある存在へと、奇蹟のように変容する。

そう考えれば、『伝奇集』という書物はすでに書かれてそこにあるのではない。『伝奇集』は、それを読む私たちによって、あらたな多様性の関係のなかで再創造されるためにそこにある。そんな異次元の場で、それは待機している。これほどに、異なった時間と空間とにともに開かれた本があっただろうか。これほどに、あらゆる時代と場所と言語の読者にむけて謙虚に対話を促す本があっただろうか。

いや、『伝奇集』という書物だけを特権化する欲望には、ボルヘスの知的寡黙《ラコニズム》をもって抗さねばならないだろう。私たちは一冊の本を「名作」とか「傑作」とかいって聖別化するのではない。むしろ『伝奇集』を、すべての本のなかに差し戻し、そのすべての本から豊かに派生する一冊の本として、静かに、時の迷宮の書棚からそっと抜きだしてみること。そんな仕草のなかで、この本の放射する固有の生命エネルギーは、読者にとってのかけがえのない力と喜びの源泉となるにちがいないのである。

Ⅲ 〈完全なる図書館〉の戦《おのの》き

『伝奇集』の第一部「八岐の園」の短篇八篇の最後から二番目に収録された「バベルの図書館」La biblioteca de Babel。私たちの空間的・時間的想像力に無限のインスピレーションを与え、具体から抽象へといたるあらゆる本源的な思考を誘発し、古今東西の思想家や作家・芸術家の機知ある創造を促しつづけてきた珠玉の掌篇。光のあらゆる可能な遊戯と眩暈をうみだす小さくも鮮烈な光源のようなテクスト。ボルヘス宇宙そのものが一篇に凝縮された、すべてを映し出す魔術的な球面鏡。宇宙と書物と言語と人間存在との本質的な同一性を示唆する恐ろしい予言……。それは、読むことの永遠の継続を夢見、論理の限界域で思考することの震えるような快楽へとみちびかれる、稀有の短篇《フィクシオン》である。

すでに見てきたように、ボルヘスとはある一つの迷宮的なテーマのまわりを永遠に徘徊する、無限増殖する虎である。この虎によって執拗に追い求められる永遠の主題。「バベルの図書館」という短篇が、これから考察するように「無限の極大空間」をめぐる「精緻な幻想」――これじたい撞着語法《オクシモロン》であるが、ボルヘス世界はオクシモロンそのものである――を扱っているとすれば、ボルヘスのその他の短篇はこのテーマの無数の変奏／反映にほかならない、ということもできるだろう。たしかに「アレフ」は世界のすべての空間が一点に収斂する特異な極小点をめぐる作品だった。「砂の本」は無限と永遠が一書のなかに封じ込められた、ページが砂のように流れ出して止まない怪物のような書物を手に入れてしまった男の物語だった。そして「円盤《ディスコ》」は、掌にはりついたような片側しかないオーディンの円盤という不可能なパラドクスを描いた掌篇である。これらすべてが、極小と極大、ゼロと無限、一瞬と永遠、一語と多語、原典とコピー、本体と反映、平面と立体、といった、相互に矛盾し、ねじれの位置にあるともいえる両極の世界の夢幻的な融合をことばによって構築しようとする試みだった。

そのなかにあって「バベルの図書館」という短篇《フィクシオン》は、とりわけボルヘスその人が現実にも生きた「図書館」という宇宙そのものの隠喩を重層的に映し出しているという点において、この作家のもっとも本源的な原《プロト》-テクストとして見なすことが可能である。

物語は、まず図書館の建築的なあらましを即物的に述べるこのような文章で始まる。

その宇宙（人によっては図書館とも呼ぶ）は、数えきれない、おそらく無限の数の六角形の回廊《ガレリア》から成りたっている。それぞれの回廊の真ん中には通気孔がどこまでも上下に延びていて、孔のまわりを低い手すりが囲んでいる。どの六角形からも、際限なく、上の階と下の階を見渡すことができる。すべての回廊の配置は均一である。各回廊には一辺につき長い棚が五段、計二〇段の棚が、二辺をのぞいたすべての側面を埋めている。書棚はちょうど床から天上までを占めており、その高さは図書館員の通常の背丈をわずかに超える程度である。棚のない辺の一つは狭いホールに通じ、このホールは別の六角形の回廊に通じているが、それらはみなそっくり同じ形をしている。ホールの左右には二つの狭い小部屋がある。一つは立ったまま眠るためのもので、もう一つは排泄の用を足すためのものである。その近くには螺旋階段が上下に走っていて、下は奈落の底へとつづき、上ははるか高みへと昇っている。
（「バベルの図書館」『伝奇集』一九五六年版）

図Ⅲ−1　ボストンで出版されたエリック・デマジエールによる挿画入りの英訳版『バベルの図書館』のカバー（David R. Godine 社、2000 年）

ここにまず詳細に描かれているのは、図書館の形態的な構造である。こうした記述によって読者が促される一つの否定しがたい思考は、きわめて具体的に提示された数値や空間構造的な解説に即して、この図書館の現実的な姿を脳裡にはっきりとイメージしてみたいという欲望であろう。それほどまでに、ボルヘスの描写は具体的で、微に入り細に渡っている。その物理的で正確な再現を読者に誘いかけるように……。

まず書物を収める書庫の基本的な単位は、ここでは「回廊《ガレリア》」galería と呼ばれている。それはすべて同一の六角形のかたちをしており、その数は冒頭の一文で「数えきれない」número indefinido、「おそらく無限」tal vez infinito と記されている。「無限」という、言語においては記述可能ながら、実体的なイマジネーションにおいては再現不可能な概念がすでに作品の冒頭から登場することには注意しなければならない。だがボルヘスは周到にも「おそらく無限」と書き、この曖昧さによって、読者の想像力がいきなり無制限に拡散してしまわないよう予防線を張っているように見える。

この記述から、図書館の設計図ないし形態図を描いてみる興味深い試みは次章にまわし、まずこの図書館の「おそらく無限」である姿を想像するために、蔵書数のほうから本篇を解読してみることにしよう。図書館の大きさとは、通常その蔵書数によって測られるものだからである。書籍の収蔵数で世界最大といわれるアメリカ議会図書館が約二八〇〇万冊、大英図書館が約一五〇〇万冊、日本の国立国会図書館が約一〇〇〇万冊、そしてボルヘスが館長をしていた頃のアルゼンチン国立図書館の蔵書数は約八〇万冊とされている。そんな具体的な数字を念頭に置きながら、「バベルの図書館」の蔵書数について本文をもとに想像してみるとどうなるだろうか。それには、冒頭近くのこうした記述が最初の手掛かりとなる。

六角形の回廊の各壁に五つの書棚が積みあげられ、書棚一つ一つには同じ判型の三二冊の本がおさまっている。それぞれの本は四一〇ページからなり、各ページは四〇行、各行は約八〇の黒い活字からなっている。どの本の背にも文字が印刷されているが、これらの文字は、それぞれのページのなかに書かれている内容を教えることも予告することもしない。　(同前)

すでに回廊の六つの壁のうちの四つに書棚が置かれている、と冒頭で書かれているので、この部分の書き方はやや曖昧に映る。だがいずれにせよ、一つの書棚に置かれた本の数とともに、ここには一冊の本の均一の体裁についての詳細な情報が開示されており、きわめて重要な手掛かりを提供している。一方で早くも、この「図書館」なる世界を神秘化しようとするボルヘスの機略がここで始まってもいる。いかなる本のタイトルも、その本の内容を指し示してはいない、という「バベルの図書館」の基本原則の一つである。読者は、テーマごとに整然と分類されて表題や著者によって容易に検索される通常の図書館分類の体系が、ここには存在していないのだということを知らされ、書物の混沌のなかに一気に突き落とされることになるからである。

つづいて、書物の中身にかんする重要な情報がこう提示される。

ある天才的な司書が、図書館の基本的な法則を発見した。(……)すべての本は、どれほど多種多様であっても、みな同じ要素からなっており、それらの要素とは、行間、ピリオド、コンマ、そして二二個のアルファベットの記号であるという法則である。また彼は、すべての旅行者が確認したある事実を指摘した。この広漠たる図書館に、おなじ本は二冊とない、ということである。この反論の余地のない前提から、彼はこの図書館が完全無欠のもので、その蔵書は二十数個の文字のあらゆる可能な組み合わせ(その数はきわめて膨大であるが無限ではない)を、換言すれば、あらゆる言語で表現可能なもののいっさいを含んでいると推論した。(同前)

蔵書の内容を構成する文字列の情報がこうして明らかにされる。そしてそうした事実を発見・確認してゆくのは、「司書」bibliotecario であり「旅行者」viajero である。別の部分を読むと、語り手はどうやら、この図書館のある回廊の「監督者」jefe として働きながら暮らしてきたらしいことも分かる。

図書館に生まれ、その内部を一生かけて徘徊し、そこで働き、そこで死んでゆくさまざまな類型の人びとが、次々と肩書きを与えられて登場してくることにも注意を払わねばならない。

さて、懸案の総蔵書数である。すでに引いたように、ボルヘスによれば、すべての本は均一の体裁をし、一冊が四一〇ページ、一ページが四〇行、一行が八〇字から成りたっている。そしてすべての本は二五種の記号（二二のアルファベット、行間、ピリオド、コンマで計二五）で書かれており、これらの記号のあらゆる可能な組み合わせを含んでいるのである。ここで二二のアルファベット、と言っているのは、ギリシャ文字の原型となったフェニキア文字の字母が二二であったことなどを暗示しているのかもしれない。ともあれこの途方もない図書館には、アルファベットとピリオド、コンマ、行間という計二五種の記号で構成された、表現可能なもののいっさいが含まれているわけである（あえてつけ加えれば、ボルヘスの仮構においては、いかなる言語表記による著作物もここではアルファベット表記に置換されている、と考えてさしつかえないだろう）。

この簡潔な条件のなかで、「バベルの図書館」の蔵書数を割り出すことは比較的容易である。試みに、基本的な数学原理にもとづいて、その数を割りだしてみよう。

まず一冊の本の総文字数はこうなる。

80（文字）×40（行）×410（ページ）=1312000（文字）

そして、これらの文字が二五種類の記号の、文字通り、いっさいの可能な組み合わせによって書かれているという条件から、ここでの全蔵書数（Bとする）は非常に簡潔な数式でこうあらわされることになる。

$B=25^{1312000}$

解は「二五の一三一万二〇〇〇乗」。だがこれでは、その蔵書総数の値が実際にどれほど大きい数なのかを直感的に理解することは不可能だ。この数は、実際は途方もない数値となり、ほとんど私たちの想像を絶する数だからである。そこで、これがどのぐらい大きな数であるかを知るために、常用対数を使ってみよう。それによって、この数Bが十進法で何桁の数であるかを割り出すことができるからだ。まず、

$\log_a b=n \Leftrightarrow a^n=b$

つまり「aの何乗がbですか?」と訊いてみる。この「何」をここでは「n」とする。ここで常用対数（10を底《てい》とする対数）を用いて考え、a=10、b=Bとすると、「10の何乗がBですか?」という問いに還元でき、それが何桁の数字であるかを知ることができる。この「何乗」を「N乗」とすると、

$\log_{10}B=\log_{10}25^{1312000}=N$

という数式が得られることになる。ここから、

$$N=\log_{10}25^{1312000}=1312000\times\log_{10}25$$
$$=1834097.291377713\text{……}$$

となり、

$$B=10^{N}=10^{1834097.291377713\text{……}}$$

という解が得られる。すなわち総蔵書数（B）は、一〇の一八三万四〇九七・二九一三七七七一三……乗、つまり、

$$B=10^{1834097}\times10^{0.291377713\text{……}}$$
$$=10^{1834097}\times1.95603991\text{……}$$

となるわけである。

ここで得られたように、「バベルの図書館」の総蔵書数は195603991……からはじまる一八三万四〇九八桁の自然数であることがこうして判明する（その数が、25を底《てい》とし、その冪《べき》数nが正の整数である限り、この自然数の末尾の三桁は625で終わることも容易に証明できる）。

「一兆」という単位が一三桁の数であり、「一京」が一七桁、「一垓《がい》」が二一桁、「一抒《じょ》」が二五桁、

以下、四桁増えるごとに「穣《じょう》」「溝《こう》」「澗《かん》」「正《せい》」「載《さい》」「極《ごく》」「恒河沙《ごうがしゃ》」「阿僧祇《あそうぎ》」「那由多《なゆた》」とつづき、「不可思議《ふかしぎ》」に至ってもその数は所詮六五桁であり、漢字文化圏において名前がつく最大の単位「無量大数」ですら六九桁の数字となるにすぎない。これらと比較したとき、一八三万四千余桁という数が、いかに膨大なものであるかが分かるであろう。これは、数として名指すことなどもちろん不可能な、途方もなく大きな数なのであり、人間の感覚からすればほとんど無限大に近い数だといえるだろう。

この数は、欧米のボルヘス研究者（マニアも含む）によって「ボルヘス数」Borges's Number とも呼ばれてさまざまなイマジネーションをかきたてる対象ともなってきた。それはたしかに観測可能な宇宙にあるすべての原子の数とされる10^{80}よりもはるかに大きな数である。だが、ボルヘス数の議論に関心を持つ一部の「巨大数研究者」googologist たちのあいだでは、一八三万余桁という数字は、さほど巨大な数とは思われていない。巨大数研究の基本単位は“googol”（グーゴル）だが、これは10^{100}を指し、その上の大きな単位である10のグーゴル乗は“googolplex”（グーゴルプレックス）と呼ばれて、すでにこれはボルヘス数をはるかに超える大きさとなるからである。とはいえ、巨大数の研究には不思議なパラドックスも孕まれている。途方もなく大きな数を想像すればするほど、有限の領域が広がる以上に、無限そのものの果てしなさのほうがより増幅される、という逆説である。いいかえれば、巨大数の研究は、人間の数理的理性が無限という領域に限りなく近づこうとする試みであるにもかかわらず、そのことによってかえって無限なるものがますます遠く、果てしなくつかみがたいものであることが実感されてしまうのである。巨大数のイメージを果てしなくふくらませていった先に、私たちは無限という接近不可能な世界が横たわっていることを、霧の彼方のくっきりとした影のように感じとるのである。

いずれにせよ、バベルの図書館の総蔵書数である一八三万四〇九八桁の自然数は、無限そのものではなく、原理的には有限な自然数である。そこで、ここでの探究をさらに推し進め、この数字の膨大さをなんとかして実感してみるために一種の思考実験をしてみることにしよう。

まずこの「数」を、数字として実際に書き写してみたらどうなるだろうか？　電子的な計算によって末尾まで得られたその数字を一行八〇桁の数としてコンピュータに出力してみると、それは二万二九二七行になることが分かり【図Ⅲ-2】、これを通常のA4判印刷用紙一枚に四〇行ずつ印刷した場合五七四枚の用紙が必要となる。紙の厚みを〇・一ミリとすると、数字がびっしり印字された厚さ五・七センチほどの紙の山がそこに出現するわけだが、それを見ても、この数の大きさが一目で了解できるとはいえないだろう。それはいまだに抽象的な数でしかない。デジタルな数の出力は、私たちに現実の数が示すサイズを物理的に体感させる役にはあまりたたないのである。バベルの図書館の総蔵書数の途方もなさを実感するための思考実験は、あくまで私たちの身

$1.95603991......\times 10^{1834097}$　(一行80桁　2万2927行)

1	19560399176013321291099221883522448546756341265197230144220784247878134492069312
2	43423822615055235259425875793310436796077049531126005591315926683778608664782667
3	73420590763752134507155854329726803696230468135366253760525889015306907889409850
4	17792294091377488366611747829402968810229365846218043329858413950831112402434606
5	29253748613979864879561697764592843430731284114845532809365862647297701868317295
6	09660114111559435781446356179007495511780669794409986354276960252526186080531625
7	35429996256228174713465945736086373116074371484367872547542544736369432866885199
8	89202837484840664148467969835908195443735010746318473790223839152004719556339852
9	66956765295684725762414213324445234221171536648131991500043962202671752868352465
10	92811234256578101038474882603651274446478852168481190509054806764222967707105840
11	34999660963235147670307195830184003032756058945743195154483809247662280084423864
12	53448955564135985019446237416445905610605966609697879208175505394011971687639122
13	64369006743622100047045646747044402010451158683857605802069729717498508434903519
14	37253977168555686744497146005462832936113696770699913569032720670300221664372313
15	93738431899945790500312883944024030524467207833559669519516535376216751545044997
16	21428184826885333635382943371306897110672306280276994792989964419826076127719111
17	76610924320314074481883628922599773018057539389464220978452535828183307223034954
18	26827446833001724758199568612518836017185648897151674405090903726002646302571381
19	10919942236081820061947074683822218107431629881540963155785138564641155635532951
20	1821961033953944647618844781348359273222171116084099307604343059198631320470900140
21	81215372359659075752234129412068881796763703168932056554297689399084889379024634
22	14246581168704330417753638283662858001829709467197366183467546295201042029491010
23	00804266328574160133497761590225633757224603825052953919463572371436681725515019
24	65625183085578524904245394451306163946415277839354953283254798123573372073393117
25	19461178626364108402197476894807593317467112035062728921093643139379750740171359
26	39905276407226417119484619314054106797872911997353972725451766782885306919132373
27	57958797079761969879210701491864073590010137840008917493459531822796113413177016
28	42744992478381541892607655336715663354000519723027707231038924470370977171545687
29	77457759049635514892093875291595875319338657719934942622877320632684754402159350
30	30276303013149600404982323025344399005813534958495162432785846119320165116444998
22920	10274248936983358851175819127264876247737834464384802556544487228530322933387598
22921	21837745234655771227527673408391479516203786940504342698791095204361259008141915
22922	61366515303207218901542873408361708101098175882988522971185375133474587394707745
22923	70572056076753544374552615582173366200245877320930547843292755143884394827264036
22924	60666473107654537577336628002433630057233374217192593708750028729032275277960884
22925	66851250288667672507074146036726867114596682394743358039236751679641235557451226
22926	49389215044942938922281905360325860710166449891279777926512972729966577389859594
22927	404697418212890625

図Ⅲ-2　ボルヘス数を1行80桁で印刷すると2万2927行の数字となる

体的な経験のレヴェルにそくして行われなければならない。

そこでまず、この数を「書く」という作業を身体化してみる。試みに、横にいくらでも延びてゆく細長い用紙があると仮定してみよう。この用紙に一センチ角のマス目が無限遠に向けて印刷されているとし、このマス目一つに当該の数字を上の桁から延々と横にペンで書き込んでゆくとする。そうしたとき、一八三万四〇九八桁の数字を書くのに必要な紙の長さは約一八・三四キロメートルとなる。バベルの図書館の総蔵書数を示す「数字」を書くだけで、それだけの空間が必要となるわけである。数字一桁分を書くのに一秒かかると仮定すると、私たちは、たとえば鎌倉の由比ヶ浜から西に向けて海沿いにずっと平塚海岸までの一八キロあまりにわたって広げられた紙に、一センチずつ、休みなしで五〇九時間余、すなわち二一日と五時間二八分一八秒かけて、この途方もない数字を細かく書きつづけなければならないことになるのである。

しかも、もちろんそれは全蔵書数を示す「数」を数字で書き写す行為に過ぎず、その数そのものの膨大さを真に実感する手掛かりにはやはりならない。それが蔵書数をあらわす数字だとするならば、これだけの数の書物を収める図書館の空間が、物理的にどの程度の大きさになりうるかを想像してみなければ、本当の実感は得られないであろう。そこで、さらにこんな思考実験を続けてみよう。すべて四一〇ページであるとされる蔵書の一冊の束《つか》(厚み)を五センチと仮定してみる。そしてこの五センチの束を持ったすべての蔵書を平積みにして積み重ねていった場合、その高さはどのぐらいになるであろうか?

まず、計算を簡略化するために総蔵書数(B)の最上桁四桁のみを採用し、そのあとの桁の数値を0にして近似値化してみると、

$$B \approx 1.956 \times 10^{1834097}$$

となる。すべての蔵書を積み重ねたときの高さ（A）は、

$$A = 5\,(\mathrm{cm}) \times 1.956 \times 10^{1834097}$$
$$= 9.780 \times 10^{1834097}\,(\mathrm{cm})$$
$$= 9.780 \times 10^{1834092}\,(\mathrm{km})$$

となる。そこでこの長さを、われわれが一般に用いる最大の距離単位である「光年」に換算してみよう。一光年は約九・四六一兆キロメートルなので、

$$1\text{光年} = 9.461 \times 10^{12}\,(\mathrm{km})$$

となり、Aの値を光年で簡単に割るために少し操作し、

$$A = 9.780 \times 10^{1834092}\,(\mathrm{km})$$
$$\approx 9.461 \times 10^{1834092}\,(\mathrm{km})$$

とすると、

$$A \approx 10^{1834092-12} = 10^{1834080}$$（光年）

となる。これは一八三万四〇八一桁の数字であり、現在地球から観測可能なもっとも遠い天体（銀河）とされるGN-z11までの距離が三二〇億光年、すなわち一一桁の数字であらわされることと比較したとき、その途方もない遠さに眩暈がするであろう。「バベルの図書館」のすべての本を積み上げていったとき、その高さは、桁だけで見ても、GN-z11銀河までの距離の一〇の一八三万四〇七〇乗倍の彼方まで到達することになる。それは私たちにとっての「観測可能な宇宙」のはるか彼方に延びてゆき、人間にとって未知の「全宇宙」の縁とほとんど接触しているというほかない。人間世界と因果律的に断絶しているとされる「全宇宙」の物理的な大きさを私たちが「無限」という観念によって想像する以外にないとすれば、これだけの蔵書を抱えた「バベルの図書館」が、同じように因果律を超えた「無限」と接触しているという感触を私たちが持つのも、必然といわなければならないだろう。ボルヘスがこの図書館を冒頭で「宇宙」と呼んだ理由の一つもここにあったにちがいない。

ボルヘスは単刀直入に、「バベルの図書館」の蔵書は二十五個の文字と記号のあらゆる可能な組み合わせで表現可能なもののいっさいを含んでいる、とだけ書いた。だが、その条件があらわす現実には、これほど壮大な無限宇宙の広がりが隠されていた。ボルヘスがそのことを知らなかったわけではないだろう。ボルヘスの直感的な頭脳が割り出した、無限へといたる一つの簡潔な定式を、私はいま律義にも、あるいは愚直にも、数学的理性に依りながらなぞってみたにすぎないのである。ボルヘスという虎の鋭利な本能は、私の律義な計算のまだるっこさを、きっと書物の陰で笑っていることだろう。

バベルの図書館の無限性

「バベルの図書館」。この短篇を細部にいたるまで文字通り受けとめたとき、私たちはこの図書館＝宇宙が空間的に無窮を指向し、その蔵書数は「ほとんど無限」であり、ユークリッド幾何学の法則がおよばない領域を抱え込んでいることを否定できなくなる。事実この作品では、図書館の無限性を暗示し、その無限性と戯れるいくつもの挿話的記述が、これでもかと畳みかけるようにして展開されてゆくのである。

たとえばすでに引いたように、この図書館の法則性の一つは「おなじ本は二冊とない」ことだった。この点で、ボルヘスが語るある挿話はきわめて示唆的である。あるとき、無用な書物を消滅させることを企てた「浄化主義者たち」Purificadores が六角形の内部に侵入し、「つねに偽物とは限らない信任状」を見せて、面倒くさそうに一冊の本に目を通したあと、本棚全部の破棄を命じた、というのである。この叛乱によって何百万冊もの「無意味な本」の「無意味な消滅」が起こった。この出来事を「バベルの図書館」の語り手はこう総括している。

彼ら「浄化主義者たち」の乱心によって破壊された「宝物」を惜しむ者は、二つの明快な事実を忘れている。第一は、図書館はあまりにも巨大なので、人間の手による破壊はほとんどゼロに等しいきわめて微小な影響を及ぼすものにすぎないということ。そしてもう一つは、たしかにそれぞれの書物は唯一無二のかけがえのないものだが、ただ（図書館じたいが完全なものなので）そこには千の数百倍にものぼる不完全な複製、すなわち一字あるいは一つのコンマしか違わない作品がつねに存在するということである。一般的な意見に反して、わたしはむしろ、浄化主義者によって行われた破壊がこれほど誇張されてきたのは、本の破壊そのものではなく彼らのひきおこした恐怖の方に理由があったからではないかと考えている。（同前）

この作品をつらぬく諧謔的でパロディックな語り口はここでも歴然としている。この図書館には、いわば「本の純血主義者」「書物破壊テロリスト」のような輩も住んでいるようなのである。しかし引用した部分で注意を惹くのは、内容的にたった一字しか違わない膨大な書物もここには所蔵されているため、一冊の本が消失しても、その影響はほとんど無に等しい、という数学的に正確な事実である。すでに述べたように、ここにはスペースも含む二五種の記号で書かれうるすべての組み合わせの本が存在する。一冊の本の文字数が一三一万二〇〇〇字であると決まっているため、二五の記号のうちたった一字だけ異なった本の数はその二四倍、すなわち一冊につき三一四八万八〇〇〇冊のほとんど複製に近い本が、必ず図書館のどこかに存在していることになるのである。「千の数百倍」どころか「千の数万倍」の一字違いのコピーもここには所蔵されているのである。

これもまたこの図書館の無限性の一つのみごとな指標というべきだろう。一冊につき三一四八万余冊の一字違いのコピー。そうであれば、ボルヘスに促されるようにして、一つの奇想が私の脳裡に走る。たとえば「バベルの図書館」に収蔵された本の中には、四一〇ページの冒頭にたった一行こう印刷され、そのあとのすべてのページが白紙となっている書物がたしかに存在するはずだ。

shizukasaya iwanishimiiru seminokoe

いうまでもなく、芭蕉の句「閑《しずかさ》や岩にしみ入る蟬の声」である。そしてそうだとすれば、巻頭にこの芭蕉の句の文字の一字違いが印刷された本だけで三一四八万余冊あり、さらに何文字かが異なった本、すなわち、

yamaderaya iwanishimitsuku seminokoe

（山寺や岩にしみつく蟬の声）

とだけ書かれた本も、そしてまた、

sabishisaya iwanishimikomu seminokoe

（さびしさや岩にしみ込《こむ》蟬の声）

とだけ書かれた本ももちろん存在することになる。じつはこの二つのヴァージョンはそれぞれ、『奥の細道』における最終形「閑や岩にしみ入る蟬の声」に至る前の、芭蕉が実際に書いた初案と再案なのである。

どうだろうか。バベルの図書館の収蔵書は、ある完成された作品の下書き稿、再稿、三稿その他すべてのヴァージョンまでをも必然的に含んで成立していることが了解されるだろう。ここには、古今

東西のあらゆる時代の作家の頭脳のなかにひとたび閃いた、ある作品のいかなる変異形もすべて存在しているのであり、それこそがこの図書館が途方もない完全体であり、無限の器であるというイメージを与える根拠であることになる。

だがそうした無限性の場、無窮の空間と時間を持つ全能空間は、やはり悲劇の空間でもあった。たとえばこんな挿話がある。

図書館があらゆる本を所蔵していることが公表された時、人びとのあいだに最初に生まれたのは常軌を逸した歓びのような感情だった。だれもが手つかずの秘密の宝物の持ち主になったような気がした。どこかの六角形に、個人的あるいは普遍的な問題を有効に解決する鍵がかならず存在しているのである。宇宙は正当化され、宇宙は一気に希望の無限の広がりを獲得した。そのころ、「弁明の書」という本が大きな話題となった。それは自己弁明と神託にかんする書物で、この宇宙に住むあらゆる人間の行為を永遠に弁護し、彼らの未来をひらく驚くべき秘密が書かれているものであった。（同前）

思いもしない巨万の富が突然自らのもとに降りかかってきた人間が落ち込んでゆく破滅的な悲劇と同じように、全能神のような書を手に入れた者たちの幸福感は長くはつづかなかった。「弁明の書」の存在が諍いの種となったのだ。ボルヘスはつづけてこう書いている。

何千という貪欲な人間たちが、甘美な生まれ故郷の六角形を捨て、自己の「弁明の書」を発見しようと空しい意図にせき立てられるように昇り階段に殺到した。これらの巡礼たちは狭い回廊で言い争い、どすぐろい呪詛のことばを投げつけ、神聖な階段でたがいの首を絞め、偽物ばかりの本を孔の底へ投げ捨て、ついには遠く離れた地方の人間たちによって奈落へと突き落とされて死んだ。ほかの連中は発狂した……。「弁明の書」はたしかに存在する（わたしはそのなかの二冊をこの目で見たことがある。それは想像上の人びとのための本ではないにせよ、これから生まれてくる人びとのためのものだったが）。問題は、「弁明の書」を探し求める者たちが、自分のための書を、あるいは自分のための書の不実な異本を発見する確率はゼロに等しいことを忘れていたことである。（同前）

図書館で、自らを永遠に弁護してくれる全知全能の書を狂ったように探し求める巡礼者たち――。こうした描写は、いやがうえにも、この「図書館」と呼ばれる崇高とも思える宇宙が、じつは私たち人間が生きる業果にみちた世俗社会の写し絵にほかならないことをみごとに暗示している。いや、図書館という宇宙があらゆるものの極限に向けてひらかれているのであれば、そこでは、人間の悪業も、邪心も、強欲も、すべては極限にまで拡大されて展開されてしまうのである。悲劇は必然であった。

図書館は、この世界に存在するあらゆる要素を自ら組み込んだ一つの全体宇宙なのである。聖も俗も、喜劇も悲劇も、善も悪も、希望も絶望も、そこにはひとしなみに存在している。この図書館は都市住人が訪問する固有の場所ではなく、それじたいが人間にとって逃れられない唯一の「住処」の隠喩にほかならないことが、読むうちに了解されてくる。この作品の書き手である「わたし」もまた、図書館に生まれ育ち、どこかで司書としての自らの役割を果たしつつ、回廊から回廊へと書物を求めて旅を続けてきたのである。すでに示唆したように、この作品にはさまざまな人物類型が登場する。それらを順不同に挙げてみよう。図書館の「司書」bibliotecario、回廊の「監督者」jefe、「巡回解読係」descifrador ambulante、「旅行者」viajero、「巡礼」peregrino、「調査官」inquisidor、「瀆神学派」secta blasfema、「当局者」autoridades、「老人」hombres viejos、「浄化主義者」Purificadores、「書物の人」Hombre del Libro、「青年」jóvenes、「山賊」bandorelismo、「自殺者」suicidios……。これらのキャラクター（人格）はまさに、私たちの世俗世界にすべてみごとな対応物をもってうごめく人物類型にほかならない。図書館で起こるすべての出来事は、現世の諷刺であり、現世への挑発的な批評なのである。「書物の人」とは迷信のようにして信じられている聖者であるが、彼は、「他のすべての本の鍵であり要約でもある一冊の本」を発見し、それを読み通してしまった一人の司書であり、そのことによって神に擬せられる存在となった者である。多くの人びとは、この偉大なる「書物の人」を求めて回廊を遍歴しつづける。地獄までも……。この世の王、カリスマ、そしてあらゆるカルト的教祖たちにつき従う哀れな信徒たちの姿が明滅する。どの世界の物語だろうか。

しかもこれが「バベルの図書館」という名の図書館である限り、その宇宙は「言語」そのものの隠喩でもある。いや「言語の混乱」そのものの。たとえば、数マイル離れた回廊で話されている言語は他の回廊で話されているものとはかなり異なっている。九〇階上では、もはや言葉は通じない。誰も解読できない不可解な言語で書かれた書物が無数に発見され、それらは遠い昔に消滅してしまった言語かもしれず、あるいはたんなるでたらめの文字の羅列かもしれず、あるときから司書たちは書物のなかに意味を求めることをやめてしまう。一世紀もかけて解読された、同じ行がほとんど二ページにわたってつづくある不可解な本は、古典アラビア語の語尾変化をもつグアラニー語のサモイエドーリトアニア方言で書かれていた。語り手が管轄するいくつかの六角形のなかの最良の本のタイトルは『くしけずられた雷鳴』*Trueno peinado* という。もう一冊は『石膏のこむら返り』*El calambre de yeso*。さらにもう一冊は『アクサクサクサス・ムレー』*Axaxaxas mlö*。形容矛盾や支離滅裂、さらにはまったく意味を成さない文字の気まぐれな羅列……。最終的に司書たちが到達した結論はこうである。二五個のシンボル（記号）の使用は偶然のものであり、書物それじたいは何も意味しない……。ボルヘスの分身である語り手は、作家にとっては身も蓋もないこの結論にたいし、「まったく誤っているとはいえない」と記している。

言語の体系性と意味形成にたいする究極の諷刺がここにある。すべての書を蔵し、すべての言語を内在させた完全宇宙とは、じつは途方もなく恐ろしい混沌と矛盾のアーカイヴでもあるのだった。万巻を知ることが、全能ではなく、むしろ知の無意味を明らかにしてしまうという逆説。そんな逆説の図書館のなかに住む者は、あるとき、これらの書物のすべての文字を呪い、それらの前で永遠に目を閉じることを欲しはしないだろうか。

現実に、ボルヘスは八〇万冊を所蔵する国立図書館長に就任すると同時に、おのれの目の光を失っていった。そして短篇「バベルの図書館」にも、年老いて目の光を失いかけた司書らしき語り手が、こう述べる個所がある。

> この目が自分の書いたものをほとんど判読できなくなったいま、わたしは、自分が生まれた六角形から数レグア［一レグアは約五キロメートル］離れたところで、死に支度をととのえつつある。死ねば、手すりからわたしを投げてくれる慈悲深い手にはこと欠かないだろう。わたしの墓は測

りがたい中空そのものとなるにちがいない。わたしの骸《むくろ》はどこまでも沈んでゆき、無限の落下によって生じた風のなかで朽ちはて、霧散してゆくだろう。(同前)

この宇宙では、文字から放擲されること、すなわち死は、自らの人間性の崩壊を免れる唯一の救済の手段でもあるのだろうか。それほどに、語り手の死への心の準備は静謐な落ち着きを見せている。六角形の回廊とホールが上下左右にとめどなく続くこの無限の迷宮は、無窮でありつつ、そこに住む人間たちにとってつねにある種の幽閉の気配を分泌していた。生じたいが幽閉されているとすれば、死はそこからの解放以外の何であろうか。無限に向けて開かれていたはずの空間が、極限の幽閉空間になってしまうという逆説。ふと、これは獄の隠喩でもあるのではないか、という思いが私の内部をよぎってゆく。監獄としての図書館。そしてまた、言語こそが究極の監獄であると、歴史上の数多くの思想家たち、賢者たちが説きつづけてきたことを私たちはよく知っている。

もう一つの「図書館」

「バベルの図書館」。あらゆる奇想を動員しながら無窮の極大空間と書物の無限増殖のイメージを描き尽くしたとも思えるこの作品のさまざまな物語素は、すべてがボルヘスの創造物というわけではない。むしろ、この「虚構の物語《フィクシオン》」のなかに組み込まれて語られた無限や無窮を示唆するほとんどすべてのエピソードの背後には、長いあいだ人類が問いつづけてきたこのテーマをめぐる哲学的・思想的営為が、おどろくべき精確さで参照・反映されているというべきだろう。この物語のそうした挿話的細部に、それぞれの具体的な典拠をめぐる詳細な註を一つ一つつけていけば、そこには「無限」をめぐって思考された人類の壮大な精神史のカタログが出現するかもしれない。それほどに、原著にしてわずか一一ページにすぎないこの短篇のなかに込められた知は、膨大な思想史的細部によって裏打ちされているのである。

そのことをはっきりと例証してくれるテクストが、本篇より二年ほど前に書かれ『スール』誌に発表されたボルヘスによる掌篇「完全図書館」La biblioteca total（一九三九）である。この作品が哲学的エッセイのようなスタイルで書かれており、「バベルの図書館」が創作的なファンタジーになっているという様式のちがいこそあれ、無限をめぐるイマジネーションの連続性において、「完全図書館」は「バベルの図書館」の明確な先駆形であるといってさしつかえないであろう。

「完全図書館」は書物にすればわずか三ページほどに収まってしまう、ごく短い掌篇である。だがこの凝縮されたテクストには、世界中の可能なすべての書物が所蔵された「完全図書館」なるユートピアを夢見た思想的系譜の二千数百年にわたる歴史が、古代ギリシャからボルヘスの同時代人まで、パノラマ的に描き尽くされている。

ボルヘスによれば、無限について『形而上学』のなかでいちはやく論じたアリストテレスは、「無限」概念の始まりを、古代ギリシャの自然哲学者デモクリトスおよびレウキッポスに帰している。デモクリトスは無数に存在する原子の運動の場は無限の空虚であると考えたが、こうした考えは、万物の起源を原子と見なし、その組み合わせと生成変化によって事物が限りなく生じることを唱えた彼の師レウキッポスを引き継いだものであった。その後、無限へのイマジネーションは歴史の深い地下水脈を潜伏するように流れ、一三世紀カタルーニャの哲学者・神秘家ライムンドゥス・ルルス（ラモン・リュイ）によって考案された、宇宙を構成する九種類の名辞とその組み合わせの基準が描かれた円盤（「頭脳機械」とも「ルルスの円盤」とも呼ばれる）において、ふたたび表面化する【図Ⅲ-3】。「ルルスの円盤」は、文字列を無限に生成する機械によって世界のすべての真理を得る術を実現する独創的な装置だった。このルルスの秘儀的な探究の精神は、その後も一七世紀ドイツの幻視的な自然哲学者アタナシウス・キルヒャーや、「モナド論」の哲学者・数学者ライプニッツによってさらに洗練されつつ継承されていくことになった。

やがて一九世紀になると、「無限の猿の定理」なるものが語られるようになる。ボルヘスは、起源が曖昧なこの定理の始祖をイギリスの進化生物学者トマス・ハクスリーに帰しているが、それは「六匹ほどの猿がタイプライターの前でキーをいつまでも（無限回）ランダムに叩きつづければ、ついには大英博物館のすべての蔵書を生み出すことができる」というものである。ボルヘスはこの説を、当時の著名な英国の数学者・天文学者であるジェイムズ・ジーンズ卿による著書『神秘的宇宙』*The Mysterious Universe*（一九三〇）から知ったと考えられるが、ジーンズ卿はこの本で、まさに宇宙空間において星の偶然の衝突によって新しい惑星システムが誕生する確率を、猿が大英博物館のすべての書物、あるいはシェイクスピアのあるソネットを書き上げる確率に比して解説したのだった。限られた文字によって表現できるものは、途方もなく膨大ではあれ、有限である、という定理は、すでにこの時期には大衆的な認知を得ていたと言えるだろう。

図Ⅲ-3　ライムンドゥス・ルルスによる「ルルスの円盤」（『アルス・マグナ』1305年）

そのことをさらに例証するのが、ボルヘスが次にあげる先駆者ルイス・キャロルである。ボルヘスが偏愛したルイス・キャロルの最後の小説『シルヴィーとブルーノ　完結篇』*Sylvie and Bruno Concluded*（一八九三）のなかの「送別会」の章には、こんなやりとりが描かれている。

「信じたくはないけれど」とミュリエル嬢が言った。「でも誰かがあるメロディを思いついたとしても、いまや新しいメロディなんてどこにもないわ。〈最新の曲〉なんて言われているものも、小さいころに聴いた曲を思い出すようなものばかり！」

「世界がこの先もずっと続くのなら――」とアーサーが言った。「あらゆる可能なメロディの曲が作られ、あらゆる可能な駄洒落が語られてしまう日がいつか来るだろうね――」（ミュリエル嬢は悲劇の女王のような表情で両の手を握りしめた）「さらに酷いことに、ありとあらゆる本も書かれてしまうだろうね！　言葉の数には限りがあるんだから」

「でも書く側にとってはあまり影響がなさそうだね」とぼくは応じた。「『どんな本を書こうか？』と思わずに、『どの本を書こうか？』と考えるんだろうけど。ちょっと言い回しが違うだけだよ！」

（ルイス・キャロル『シルヴィーとブルーノ　完結篇』一八九三）

ナンセンス・ロマン的な会話のなかで、冗談めかしてまぜっかえされているとはいえ、ここには「完全図書館」のアイディアそのものが、来るべき未来の悪夢として語られていることはまちがいない。無限をめぐる想像力が、しばしば「書物」や「図書館」という存在を媒介にして発動されることは興味深い現象である。無限と有限の臨界域で困難な思考を積みかさねてきた人間は、あるとき、人類が築き上げてきたおのれの「知」なるものには限りがあることを、どこかで直観するのであろう。そのとき、まったき本源性と固有性の象徴であると思えたある一冊の書物が、記号の無限回の機械的操作の過程で偶然に生み出されてしまう可能性があるという事実が、知性をめぐる究極のパラドックスとして私たちに迫ってくるのである。

だからこそ、作家にはつねにある根源的恐怖があるといわねばならない。自分が「作者」として生み出している（と思っている）書物が、本当に唯一無二の固有のものであるかどうか、そしてそれが言語的構築物として誰にとっても了解可能な「意味」を正しく伝達しているのかどうか、という本質的な怖れである。この怖れから少しでも距離を置くためには、作家は自らの著者としての権威を宙づりにし、自己を数多くの分身へと離散させ、さらには言語を記号の戯れのような混沌へと突き落とすような批評的作業を徹底するほかはないであろう。事実ボルヘスは、まさにそのような作家としてあるとき自らを転生させた。図書館を宇宙の究極のパラドックスの場として描き出す「バベルの図書館」には、そのようなボルヘスの小説家としての根底的な怖れと、そこからの決死の離脱の企みとが、重ね合わされるようにして描かれているといえるかもしれない。

「バベルの図書館」の先駆形としてのエッセイ「完全図書館」は、一九世紀末のドイツの哲学者・数学者・SF作家クルト・ラスヴィッツによるある短篇作品こそが、ボルヘス自身の創作的アイディアの直接的な源泉であることを示唆して終わる。その作品がラスヴィッツの「万能図書館」Die Universalbibliothek（一九〇四）である。作者自身の分身らしき哲学者・数学者の教授と、彼に新しい随筆の原稿執筆を依頼するためにやってきた編集者とのやりとりによって構成されたこの短篇で、なかなか原稿のアイディアが浮かばずに困っている教授は、誰が何を書いても結局は似たようなものにしかならない、という俗説を少し展開しながら、こう語りはじめる。

「人間は、人類に寄与されるあらゆる事柄を印刷物によって表現することができる。史実にせよ、自然法則の科学的解明にせよ、詩的空想、詩的表現にせよ、賢者の教えにせよ。むろんそれがことばで表現しうるものならば、ね。つまりが、書物は、思考の所産を保存し、広めるものだからね。だが、既存の文字のあらゆる組み合わせの数は限られておるからね。したがって書物の数は無限ではなく、限りがある」

（クルト・ラスヴィッツ「万能図書館」小尾芙佐訳『世界SF全集 31』早川書房、一九七一）

こんな発想に反応した編集者は、「では、将来印刷される書物も含めて、万能図書館というものがあればその蔵書の全冊数はいったいどれくらいになるだろうか」と訊ねる。教授が数学者でもあることを見越しての質問である。教授はただちに、一冊の書物を印刷するのに必要な活字の数を割りだす。それは、大文字と小文字のアルファベット、句読点とスペース、それに若干の符合を加えて、およそ百種類であるということになる。ここから教授の仮説的な計算が始まる。編集者と教授のやりとりはこうなっている。

「五百ページあれば、一つのテーマを書きつくせるものだ。それでと、一ページに四十行、一行に五十字の計算でいくと、一冊につき、四十の五十倍の五百倍の活字がいるね、これはと――計算してくれたまえよ」

「百万だ」と教授は答えた。「それゆえだ、もしわれわれが、その百種類の活字を使うとして、一冊の書物の百万字分のスペースを埋める場合、その百種類の活字をなんらかの順序で繰りかえしていけば、われわれはなんらかの書物を手にいれることができるわけだ。そこで、この百箇の活字のあらゆる組合せを機械的に作ることができるならば、われわれは、過去に書かれたもの、未来に書かれうるものを含め、あらゆる書物を、究極的には入手できることになる」　（同前）

どうだろうか。ここにすでにほとんど同じかたちで、「バベルの図書館」に想定された「全書籍」をめぐる数学的思考が展開されていることが分かるであろう。百種類の活字を組み合わせて百万字の異なった書物をどこまでも生産すること……。ここで算定された全蔵書数は、一〇〇の一〇〇万乗、すなわち一〇の二〇〇万乗となるのだが、それは結局、「遠い渦状銀河系にいたるまでの全空間をもってしても、万能図書館の蔵書を収納することはできない」という結論に達する。これはある意味で「図書館＝宇宙」の涯《は》てなきイメージそのものであり、その視覚化はどのように試みたとしても、私たちの論理的思考の限界に突き当たり、不可能となる。私自身が先に試みた視覚化の思考実験と同じようなものが、ラスヴィッツの短篇のなかで先駆的に試みられているのである。

数理的・論理的思考の限界を思い知った編集者は、最後に教授に、いま聞いた話を雑誌のために原稿にしてほしい、と依頼する。短篇のオチは教授のこのひとことである。

「わかったよ。書いておこう。しかし断っておくがね、君の雑誌の読者は、これを万能図書館にあるくだらない本の抜書だと思うだろうよ」　（同前、一部表現を変更）

すべての書物、すべてのアイディア

万巻の書。すべての可能な書物。読み手にとってそれらすべてを読むことは一つの夢であり、書き手にとってそれらの有限性は一つの悪夢である。作家とは、この一つの夢と一つの悪夢のあいだを彷徨する、言葉に飢えた虎である。言葉に中毒し、言葉に叛乱を企てる虎である。ボルヘスの掌篇「完全図書館」の末尾には、彼がそのとき思いついた「すべての可能な書物」の断片がこう印象的に列挙されている。ボルヘスにとっての夢であり悪夢でもある本の、興味深い目録である。

書庫をぎっしりと埋めた蔵書のなかにはすべてが書かれているだろう。すべて――すなわち未来の詳細な歴史、アイスキュロスによる『エジプト人』、ガンジス川の水面が飛翔する鷹の影を映した精確な回数、ローマの秘められた真の名前、ノヴァーリスが編集したかもしれない百科辞典、一九三四年八月一四日の夜明けにわたしが見た夢とその夢のなかで見た夢、ピエール・フェルマーの最終定理の証明、ディケンズ『エドウィン・ドルードの謎』の書かれなかった数章、その同じ数章の、かつてガラマンテ族が話していた言語への翻訳、ジョージ・バークリーが考えた時間についての逆説をめぐる未発表論文、ユリゼンの鉄の書、千年の周期がひとめぐりしないうちはなにも告げようとしないであろうスティーヴン・ディーダラスの早過ぎた顕現《エピファニー》、バシレイデスのグノーシス派の福音書、人魚たちが歌った歌、この図書館の全蔵書の精確な目録、その目録の正誤表……。すべて――しかし理にかなった一行あるいは正しい情報一つが存在するために、何百万というばかげた雑音、言葉のごたまぜ、支離滅裂があるだろう。たしかにすべてがある。

だがもしかしたら、この目くるめくばかりの書棚——昼光をさえぎり、混沌をはらんだ書棚——が、読むにたえる一ページも授けてくれないうちに、何世代もの人間がこの世から去ってゆくかもしれない。

（ボルヘス「完全図書館」一九三九）

このリストのなかに、ある意味ですべてがある。ボルヘスが「バベルの図書館」で書こうとしたアイディアのすべてが……。『伝奇集』の短篇群のなかに、この「無限」と「図書館」をめぐるアイディアを収めるために、「バベルの図書館」を新たに書き下ろしたとき、ボルヘスの脳裡に「繰り返す」ことへのかすかな「痛み」のようなものが走らなかっただろうか。あるいは「絶望」のようなものが……。限りがないように見えて限りがある書物、すなわち知、そしてこの世界そのもの。「バベルの図書館」がどこかでそんな知性のディストピア、言語の牢獄に見えてしまうのも、この深い絶望と関連しているかもしれない。だから、ボルヘスが「バベルの図書館」で列挙する「ある天才的な司書」が発見したという「図書館の完全性」に関する記述は、先の掌篇「完全図書館」でのリストに比べてあまりにも淡泊である。それはこうなっている。

［図書館は］あらゆる言語で表現可能なもののすべてを含んでいると推論した。すべて——すなわち未来の詳細な歴史、熾天使たちの自伝、図書館の信頼すべきカタログ、何千何万もの虚偽のカタログ、それらのカタログの虚偽性の証明、真正のカタログの虚偽性の証明、バシレイデスのグノーシス派の福音書、この福音書の注解、この福音書の注解の注解、きみの死の報告書、すべての本のあらゆる言語への翻訳、すべての本のあらゆる本のなかへの挿入、などである。

（ボルヘス「バベルの図書館」『伝奇集』一九四四年版）

ボルヘスの諧謔の糸は細り、想像力の悦ばしき飛翔がここではずいぶんと抑えられてはいないだろうか。自らを反復してしまう宿命にふと当惑するボルヘス。意味なきパロディめいた本の羅列も、所詮死によってすべて消えてしまうという諦め。一つのアイディアが生み出す無数のテクストが、不毛な同語反復へと落ち込み、無へと落下してゆくかもしれないという存在論的な恐怖のなかで、「バベルの図書館」は書き下ろされた。

『伝奇集』を駆動する心臓のような一篇は、そのようにいまも震えおののいているのである。

Ⅳ　バベルの塔を再建すること

『伝奇集《フィクシオネス》』のなかでもその「無限」を指向するイマジネーションのたたみかけるような飛翔によってひときわ光彩を放つ短篇《フィクシオン》「バベルの図書館」。この作品を読み終えた読者は、ほとんど例外なく、ここで「宇宙」とも呼ばれている「図書館」の現実のありうべきかたちを細部にいたるまで想像してみたいという誘惑にかられることであろう。

なぜなら、ボルヘスは原著にしてわずか一四ページほどの短いテクストのなかで、きわめて詳細かつ入念に、この「図書館＝宇宙」の形と構造を読者に具体的に示そうとしているからである。しかもボルヘス本人を彷彿とさせる物語の主人公（語り手）は、この空間を可能なかぎりくまなく歩き尽くし、その過程で収集されたこの空間をめぐる数多くの「情報」を持っているのであり、それらはここで読者にむけて惜しげもなく開示されている。それらの情報をもとにすれば、この空間の形態を誰でも再現することができるように、ボルヘスはこの叙述を仕組んでいるともいえる。あたかも、一篇の倒叙式の推理小説において、謎を解き犯人を特定するすべての証拠が読者にあらかじめ与えられているのと同じように。

冒頭から「おそらく無限」と形容され、さらに途中で「図書館は無限である」とも述べられているこの無窮空間を、ではボルヘスは言語を介していかに詳細に具現化しようとしたのだろうか？　この短篇作品は、そうした関心から、数多くの（それじたいほとんど無限の広がりを持った）幾何学的・形態的ファンタジーを、多くの読者・研究者・芸術家にもたらしてきた。それらを概観するために、ここでふたたび、この作品の著名な冒頭部分を、ボルヘスが最初に書いた形、すなわち一九四四年の初版『伝奇集』のテクスト（これはそれより三年前に出版された『八岐の園』所収のテクストと同一である）に従って引用してみよう。

物語は、まず図書館の建築的な構造のあらましを即物的に述べるこのような文章で始まっていた。

> その宇宙（人によっては図書館とも呼ぶ）は、数えきれない、おそらく無限の数の六角形の回廊《ガレリア》から成りたっている。それぞれの回廊の真ん中には通気孔がどこまでも上下に延びていて、孔のまわりを低い手すりが囲んでいる。どの六角形からも、際限なく、上の階と下の階を見渡すことができる。すべての回廊の配置は均一である。各回廊には一辺につき長い棚が五段、計二五段の棚が、一辺をのぞいたすべての側面を埋めている。書棚はちょうど床から天上までを占めており、その高さは図書館員の通常の背丈をわずかに超える程度である。棚のない辺は狭いホールに通じ、このホールは別の六角形の回廊に通じているが、それらはみなまったく同じ形をしている。ホールの左右には二つの狭い小部屋がある。一つは立ったまま眠るためのもので、もう一つは排泄の用を足すためのものである。その近くには螺旋階段が上下に走っていて、下は奈落の底へとつづき、上ははるか高みへと昇っている。
>
> （「バベルの図書館」『伝奇集』一九四四年初版。傍点引用者）

すでに「バベルの図書館」の流布している版（日本語版を含む）を読み、この「宇宙」の形態に関しておぼろげなイメージをいだいていた読者は、右の引用に少し戸惑うかもしれない。なぜなら、すぐ後で明らかにするように、この初版（一九四四）の書き出しには、現在流通する改訂版（一九五六）の書き出し（前章の冒頭部分で引用）と細部において決定的ともいえる違いがあるからである。そして時系列的にいえば、まずこの初出テクストによって、「バベルの図書館」なるものの形態が、はじめて言葉を介して読者に与えられたという事実を確認しなければならない。読者は、ここにきわめて簡潔かつ精確に、図書館内部の基本構造が建築的に記述されていると理解したであろう。だが、よく読めば、ここには明らかな矛盾が、おそらくはボルヘスもはじめは気づかなかった錯誤による、「無限」であるべき「バベルの図書館」の構造的欠陥が、存在していることは明らかなのである。

先の引用で傍点を付した部分、すなわち六角形の回廊には五辺×五段で計「二五段」の書棚が置かれている、という記述と、回廊のなかの棚のない「一辺」がホールに通じている、という問題含みの記述に注意してみよう。スペインの建築家クリスティーナ・グラウは、『ボルヘスと建築』*Borges y la arquitectura*（一九八九）と題する著作において、この一九四四年の初版の記述に正確に依拠しながら図書館の平面構造を再現しているが、それはこのような形になるはずだという【図Ⅳ−1】。

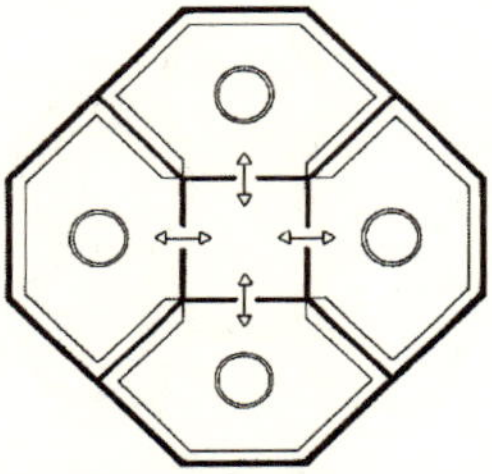

図Ⅳ−1 Cristina Grau, *Borges y la arquitectura*, Madrid: Ensayo Arte Cátedra, 1989, p. 66

たしかにボルヘスが書くように、すべて同じ形をした六角形の回廊のなかの棚のない一辺だけがホールに通じているとするならば、それはこの図のような形態でなければならないだろう。そしてその場合、回廊の連鎖の構造はすぐに閉じられてしまい、グラウの作図では、同一階層においてはわずかに四つの回廊によってこの図書館

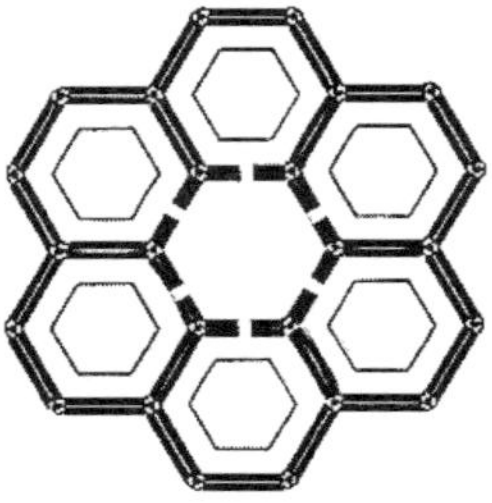

図Ⅳ-2　筆者による作図

は成り立っていることになってしまうのである。むろんこの再現図自体に問題がないわけではない。たとえば、ここではホールの形態がボルヘスの言及にはない「正方形」として再現されていることがあげられる。さらにこの作図では、六角形の回廊の形態も、縦型と横型の二つが存在してしまうことになる。すべての回廊が同一形をしており、その無限連鎖がホールの形態も含めてすべて六角形のハニカム構造を形成していると考えるならば、少なくとも前記のボルヘスのテクストを素直に再現するかぎり、平面図は図Ⅳ-2のような正六角形の集合体に収斂するはずである（筆者による作図）。

　しかしいずれにしても、これでは「バベルの図書館」の一階層は六つの回廊と一つのホールでできたコンパクトなモジュールへと収束してしまい、どう解釈しても、これが水平軸において「無限」を指向する空間であるとは言えなくなってしまう。「図書館には果てがない」、「図書館は無限である」「図書館はあらゆる本を収蔵している」……。こうした表現が随所に登場する物語の仮構においては、図書館内部の書庫やそれをつなぐホールの構造が一つの小さなモジュールのなかで閉鎖的に完結してしまうことはあってはならない。この冒頭のテクストには明らかに、幾何学的・建築構造的な矛盾が存在していたといえるだろう。そしてその矛盾の原因は、回廊とホールとをむすぶ通路が一辺だけにある、と規定したことにあった。

　ボルヘスはこの矛盾に、初版刊行後のある時点で気づいたようだ。そこで彼は、一二年後の一九五六年の改訂版の刊行の際に、冒頭部分に手を加えて矛盾をつぎのように修正した。以下は、すでに前章でも引用した、改訂版の冒頭である。初版と同一の書きだし部分を省略して再度引いてみよう。

（……）すべての回廊の配置は均一である。各回廊には一辺につき長い棚が五段、計二〇段の棚が、二辺をのぞいたすべての側面を埋めている。書棚はちょうど床から天上までを占めており、その高さは図書館員の通常の背丈をわずかに超える程度である。棚のない辺の一つは狭いホールに通じ、このホールは別の六角形の回廊に通じているが、それらはみなそっくり同じ形をしている。

（「バベルの図書館」『伝奇集』一九五六年版。傍点引用者）

すなわちボルヘスはここで書庫の棚の数を「二〇段」（五段×四辺）へと減らし、六角形の回廊の棚のない部分を「一辺」から「二辺」へと書き換えて、空間的な閉鎖構造を打開しようとしたのである。結果として、ホールへとつづく六角形の一辺の形態も、「棚のない辺の一つは狭いホールに通じ」と書き直すことで辻褄が合うようになった。この書き換えをもとにして、『ボルヘスと建築』におけるクリスティーナ・グラウは先の平面図を書き換え、図Ⅳ-3のように図示してこの図書館が平面的にも無限であることを示そうとした。

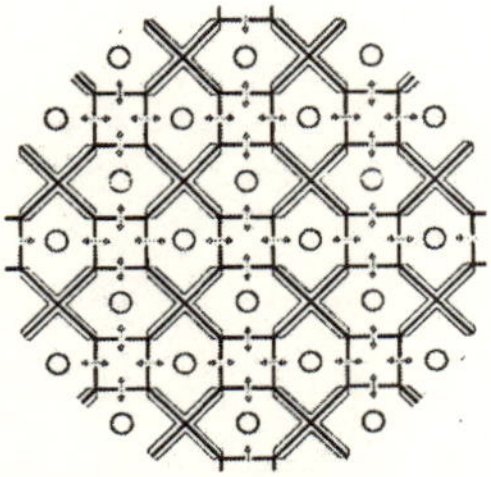
図Ⅳ-3　Grau 前掲書 p. 68 の図版をもとに筆者作成

　建築家グラウによるこうした一連の「バベルの図書館」の幾何学的解釈にたいして、おなじ造形・建築を専門とする立場から対案を示したのがメキシコの建築家アントニオ・トカ・フェルナンデスであった。フェルナンデスは、グラウの試みよりも早い時期の一九八二年ごろから、独自に「バベルの図書館」の空間構造を建築学的に具体化するデザインを公表していたが、グラウの著書に掲げられた図版を見たとき、彼はグラウの平面的解釈にいくつもの誤りがあることを発見した。
その一つは、すでに示唆したように、すべての回廊が通じているというホールの形を、ボルヘスによる言及がないにもかかわらず恣意的に「正方形」にしている点である。さらにこの処理によって、回廊の形が不均一となり、各辺の長さが等しく各対辺が平行なひしゃげた六角形の縦型と横型の組み合わせとなってしまったことである。だがボルヘスは、まさにグラウ自身によるインタヴューの場で、図書館の基本構造がなぜ同一の六角形の連鎖になったかの理由を次のように語っていた。

グラウ　ボルヘスさん、「バベルの図書館」の空間構造をどのように発想されたのか、ご説明いただけますか?
ボルヘス　この話は夏にラ・プラタで書いた。その頃、私はアルマグロ図書館で働いていた。最初に考えたのは円形の回廊が連なっているイメージだった。というのも、円には方向感覚を失わせる効果があるからだ。
グラウ　螺旋階段みたいに?
ボルヘス　そう。円に沿って動いていると、どこに向かって歩いているのかわからなくなる。だが円形の回廊を繋げてゆくと円と円のあいだに隙間ができてしまい、それが落ち着かない感じがした。そこで六角形というアイディアで行くことにした。六角形にすると、それぞれの部屋がぴったり合わさり、余計な隙間が生じることがない。(……)
グラウ　果てしない空間をうみだせる構造に、ということですね。
ボルヘス　そう、果てしない、無限の構造だ。

(Grau 前掲書 p.73)

ここではっきりと語られているように、「バベルの図書館」は六角形の回廊とホールが棚のない二辺を介して通じ合いながら、無限に接し合うハニカム（蜂の巣）構造をモデルに発想されたことは疑いないだろう。この点でグラウの平面図に誤解があることは明らかである。そこでトカ・フェルナンデスは、彼自身によるもっとも忠実で自然な解釈として、「バベルの図書館」の基本構造を図Ⅳ-4のような正六角形の回廊とホールの組み合わせとして立体的な透視図に描いた。ここには過不足なく、ボルヘスの記述が忠実かつ精確に反映されているといえるだろう。

フェルナンデスが「バベルの図書館」のテクストを忠実に解読しながらそれを造形化しようとしたとき、一つ曖昧な点が残っていた。それはボルヘスがここで、新版刊行時の書き換えによって生まれ

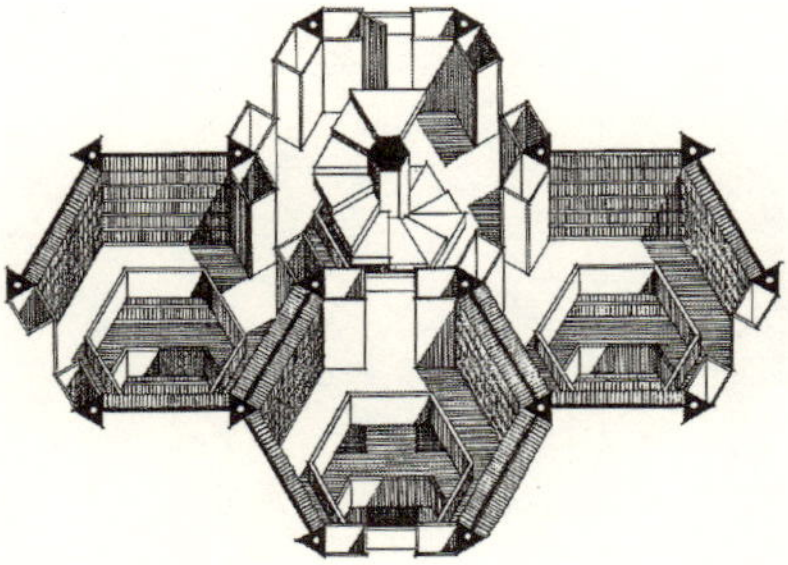

図Ⅳ-4　Antonio Toca Fernández, "La Biblioteca de Babel: Una modesta propuesta", *Casa del Tiempo*, Vol. II Época IV Número 24, México: UAM, 2009, p. 78

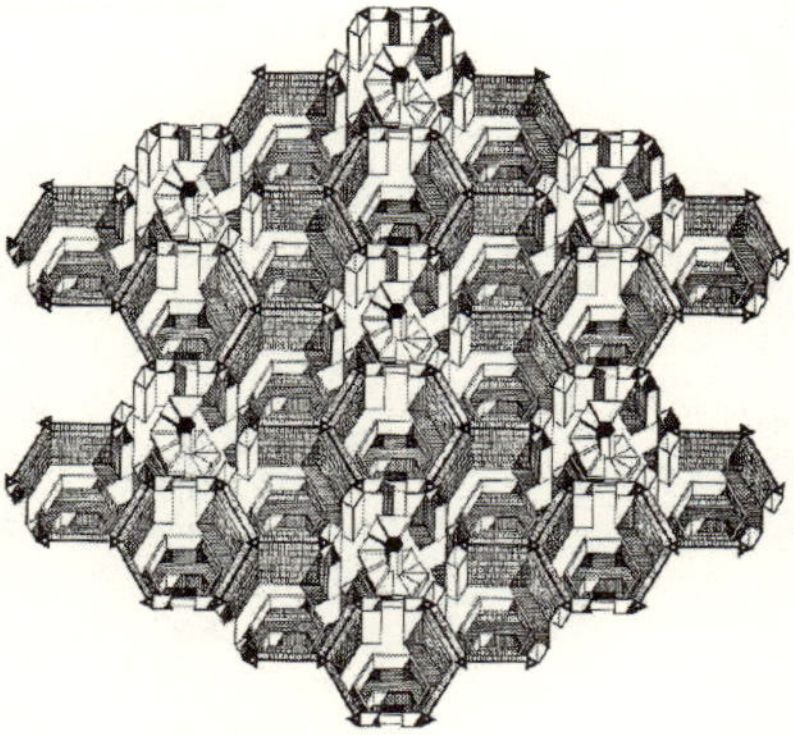

図Ⅳ-5　Fernández 同上 p. 79

た、棚のないもう一辺が、どこに通じているかを文中に書かなかったことである(「棚のない辺の一つは狭いホールに通じ(……)」とだけしかない)。これは、あるいは意図的な曖昧化の操作だったかもしれない。だが、精確な描写の欠落のために、バベルの図書館の建築的構造を再現するには、原テクストを造形的な想像力によって補ってみる必要が生まれたのである。

この点で、フェルナンデスの建築家としての読みは細かく、また鋭かった。彼は、この部分の曖昧さをとりのぞくためには、原文にたった一語を付け加えればよい、と指摘している。その語が"cada"すなわちスペイン語で「それぞれの」という意味の形容詞である。原文を、建築構造学的により精確に修正した場合の一文はこうなるはずだという。

Cada una de las caras libres da un angosto zaguán......
棚のない辺のそれぞれ一つは狭いホールに通じ……

たしかにこれで、より精確な記述となったであろう。しかも、それぞれホールへ通じる、棚のない二辺が、つねに六角形の対辺に位置するという構造も、このハニカム型の空間が無限連鎖であることから導かれる必然的な帰結となる。

こうしてフェルナンデスは、六角形の結合モジュールが無限に連鎖する立体構造が前頁の図Ⅳ-5のように図示できると結論づける。ここには六角形の回廊、その四辺に積まれた五層の書棚、中央の通気孔、回廊に通じるホール、上下階をつなぐ螺旋階段、そしてホールに付随した睡眠と排泄用の二つの小部屋まで、ボルヘスが指定したすべてのエレメントがきわめて整然と無駄なく配置されている。

たしかにこの精確な図面によって、ボルヘスのテクストに可能なかぎり忠実なかたちで、「バベルの図書館」は建築的構造物として設計可能であることが証明されたといえる。この試みを行ったフェルナンデスも、最初は建築家としての好奇心からなかば遊びのようにして始めた作業が、いつのまにか強烈なリアリティを分泌し、その設計図が現実に建築可能な厳格な建築学的規則性と体系性を備えていることに驚嘆していったという。フェルナンデスは一九八二年ごろ、このあまりにも見事な迷宮性を実現してしまった「設計図」をボルヘス本人に送り、言葉だけの建築物だったものが精密な空間的具体性を持ちうることを作家に知らせようとした。だが、すでに失明して久しいボルヘスがその図面を見ることはなかったようである。逆説的にも、この緻密な言葉によるフィクショナルな構造物は、ボルヘスのなかではやはり最後まで、可視化しえない言語的空中楼閣として、意識の迷宮を彷徨する幻影のような存在にとどまる必要があったのである。

短篇「バベルの図書館」の真の主人公は、あるいはこの「宇宙=図書館」と呼ばれる建築物そのものだったのかもしれない。「無限」という特性を与えられて、可視と不可視、具体と幻想のはざまで揺れる、寓意の空中楼閣。だがフェルナンデスも認めているように、それは建築的実体として、ときに驚くべき精確性をもって幾何学的に可視化できるような性質をももっているのだった。それはちょうど、このテクストにおける蔵書数の「無限」をめぐるさまざまなエピソードが、数の演算として、代数学的にも精確な想像力の産物だったことと見事につり合っている。高水準で厳密な代数学と幾何学の統合体。

この、精確無比な幻想。この、厳格な現実に耐えうる非現実。こうしたパラドックスを言語において実現するためにこそ、ここで「図書館」という主人公が選ばれた。そしてこの「図書館」は、「都市」、「迷宮」さらには「監獄」といった別の建築的イメージと横並びになった一つの空間的仮構でもあった。「バベルの図書館」の迷宮的構造には、「都市」も「迷宮」も「監獄」もまるごと含まれている、ともいえるだろう。そのとき、その空間のパーツを構成する「回廊」とは「家」であり「路地」であり、また「牢」でもある。そしてこれらがすべて、現実には建築家の設計によって成立する実体物であるとするなら、ボルヘスは言葉の建築家であった、といっても少しも奇異な表現とはならないだろう。物理的な形を造らない「無為の造形家」ボルヘス。この造形の秘密こそ、「バベルの図書館」が読者の建築的・視覚的想像力の飛翔をたえず刺戟しつづけてきた真の理由なのである。

「バベルの塔」の歴史

ここで私たちは、「バベル」の迷宮的イメージに触発されながら、ブリューゲル、キルヒャー、ピラネージ、エッシャー、ボルヘス、そして現代までつづく、五〇〇年近くにもおよぶ、「バベルの塔」から「バベルの図書館」へと至る長い幻視的造形の系譜を簡潔にたどり直してみよう。「バベル」の表象史を振り返ってみたとき、そもそも「バベルの塔」こそが、それをめぐる神話が旧約聖書によって語られてこの方、数多くの造形作家たちの想像力を刺戟しつづけてきた大きな謎の形象にほかならなかったことがわかる。

旧約聖書『創世記』の一一章で語られている「バベル神話」とは、一般には、人びとによって行われた天にも届かんとする塔の建設計画が神の怒りを買い、神が人間同士の言葉を通じなくさせ、言語の混乱のなかで人びとが各地に散りぢりに去っていった、という物語として知られている。これは、寓意としては、神にたいする人間の傲りを戒める物語というだけでなく、ただ一つであった「ことば」（神の言語＝原‐言語）から、世界にさまざまな言語が発生してゆくことになった起源神話であるとも考えられてきた。ここに、「バベル」が一般的に「言語の混乱状態」をあらわす表現として定着していった理由もある。

だがもともと「バベル」とは塔の名ではなく、この塔が建てられた町をヘブライ語で「ごちゃまぜ」balal と名づけたことに由来する。「バベル」という語が、比喩的に「混乱」「意味のわからない話し声」「ざわめき」「喧騒」を意味するようになる根拠もここにあり、結果として「バベルの塔」を想像し、描き出そうとする衝動のなかに、つねに「言語」と人間との複雑な関係性をめぐる寓意が忍び込むことにもなった。

ともかく「バベル神話」は、物語自体がきわめて暗示的で寓喩に富むことによって、その後の芸術家の想像力を強く喚起し、そこからさまざまな表象化・絵画化の試みがなされることになった。古代ローマ期のレリーフや壁画から中世ヨーロッパの写本の挿画までは、細長い四角柱のかたちをした塔として描かれることが多かったが、一五世紀ごろから外階段に囲まれた四角錘のかたちが出現し、そのさまざまなヴァリエーションが描かれるようになる。これらは、古代メソポタミアにあった日干し煉瓦造りの巨大な聖塔「ジグラート」Ziggurat のかたちに一つのモデルを求めたとされている。メソポタミアの古代都市バビロンにあったジグラートが、聖書の「バベルの塔」のモデルだという説（言い伝え）は古くからあり、それがこうした形象化の想像力に潜在していた可能性は否定できないだろう【図Ⅳ‐6】。

そうした絵画化の代表として、一五世紀頃の北方ルネサンス期フランドルの絢爛豪華な彩色写本のなかでも至宝といわれる『グリマーニの聖務日課書』（ヴェネチア、マルチャーナ国立図書館蔵）のなかに描かれた「バベルの塔」【図Ⅳ-7】がある。充分に太い塔が七層にまで達し、外側に緩やかな傾斜がついた螺旋状の通路がつき、大河の河口にある建設地に資材が船によって運搬されているところなど、のちのブリューゲルによる著名な油彩画「バベルの塔」のモティーフと重なる部分が多く、ブリューゲルにとっての着想源の一つであったと考えられている絵であるが、設地面の形状が四角形である点はいまだにジグラートの古いイメージを踏襲している。名の知られた画家による初期の例としては、一六世紀フランドルの風景画家ヘッリ・メット・デ・ブレスによる「バベルの塔」が特徴的であろう。この画家は数多くの風景画を描いたことで知られているが、そのなかに「バベルの塔」（一五五五―一五六〇頃）【図Ⅳ-8】があり、これは八層ある四角錐の形状の塔で、あきらかにジグラート・モデルが採用されていることが読み取れる。

ほぼ同じ時期に、興味深い表象が登場している。一六世紀のオランダの画家・版画家コルネリス・アントニスゾーンによる銅版画作品は「バベルの塔の崩壊」（一五四七）【図Ⅳ-9】として知られて

図Ⅳ-6　17世紀のヨーロッパ画家によるメソポタミア古代都市バビロン想像図（部分）。ジグラートはこのような尖塔の形としてイメージされていた

図Ⅳ-7　『グリマーニの聖務日課書』に描かれた「バベルの塔」（15世紀頃）

おり、ここにはじめて塔の「崩壊」というモティーフが登場するのである。『創世記』は神の怒りと言語の混乱については語っていたものの、そこには塔の崩壊という記述はいっさいなかった。しかし帝政ローマ期に書かれた『古代ユダヤ史』などに塔の崩壊をにおわせる記述があり、あるときから、民衆化された「バベル神話」のなかに「崩壊」のモティーフが加わっていったようである。このアントニスゾーンの作品のもう一つの特徴は塔が螺旋円錐型に描かれていることで、これは、ローマの古代遺跡、とりわけコロッセオの形態が影響していると考えられている。メソポタミアのジグラートと並んでローマのコロッセオが、「バベルの塔」の視覚的モティーフのモデルに採用されたことが確かめられる。

図Ⅳ–8　ヘッリ・メット・デ・ブレス「バベルの塔」（1555–1560 頃）

図Ⅳ–9　コルネリス・アントニスゾーン「バベルの塔の崩壊」（1547）

図Ⅳ-10　ピーテル・ブリューゲル「バベルの塔」ウィーン美術史美術館蔵（1563）

図Ⅳ-11　ピーテル・ブリューゲル「バベルの塔」ボイマンス美術館蔵（1568頃）

こうした先行的な作品を経て、いよいよ私たちの知るもっとも影響力のある図像が登場する。いうまでもなく、一六世紀オランダの画家ピーテル・ブリューゲル（父）（一五二五／三〇―一五六九）による、五年ほどの間隔をはさんで描かれた二枚の傑作油彩画「バベルの塔」である。ウィーン美術史美術館蔵の「バベルの塔」（一五六三）【図Ⅳ-10】は、近い視点から描かれているために塔に威圧的ともいえるほどの存在感が生まれている。塔の造形自体はちょうどジグラート・モデルとコロッセオ・モデルを組み合わせたように見え、塔の左右の稜線が非対称になっていて安定を欠き、どこか不穏な空気を醸し出している。一方、ロッテルダムのボイマンス美術館蔵の「バベルの塔」（一五六八頃）【図Ⅳ-11】はやや小さく、描写が非常に精密であることが特徴である。塔の建設は八層まで進んでおり、前作よりも高くなって上層階は雲を突き抜けており、天に届く塔の建設という人間の欲望の悲劇的な結末が暗示されているようでもある。

このブリューゲルの絵画二作が果たした後代への影響力ははかりしれない。フランドルの画家ルーカス・ファン・ファルケンボルフによる「バベルの塔」（一五六八）【図Ⅳ-12】は、ブリューゲルの図像の決定的なインパクトの下で描かれており、「ブリューゲル以後」のバベルの塔の表象化の始まりにして典型例を示している。一方、アントワープの画家ヘンドリック・ファン・クレーフ三世の「バベルの塔の建設」（一五七〇年代）【図Ⅳ-13】はやや異色のヴァージョンである。ファン・クレーフは一五七〇年代、バベルの塔を何種類も描いているが、それらの形態はブリューゲル的表象とはちがい、下層階が方形、上層階が螺旋円錐形という二通りの形態の組み合わせとなっている。そして美術史的に見れば、この形態にも多くの追随者が出ることになった。

図Ⅳ-12　ルーカス・ファン・ファルケンボルフ「バベルの塔」（1568）

図Ⅳ-13　ヘンドリック・ファン・クレーフ３世「バベルの塔の建設」（1570 年代）

「バベルの塔」の図像化の歴史のなかに登場する人物のうち、とりわけ思想史・精神史的な観点において重要なのがアタナシウス・キルヒャー（一六〇一——一六八〇）である。キルヒャーは一七世紀ドイツのイエズス会司祭であるが、驚くほど多面的な活動で知られる真にバロック的な奇才学者であった。彼の研究領域は、エジプト研究（ヒエログリフ解読）、中国研究、

図Ⅳ-14　アタナシウス・キルヒャー「バベルの塔あるいは原存在論」（1679）

地質学（主著『地下世界』）、伝染病学、普遍音楽理論、そして磁性・磁力研究（彼の磁性研究は物理学だけでなく、心理的・感情的な磁力といった領域までカバーしていた）にまたがっていたが、そこには、客観科学の限界を破る幻視的な宇宙論が働いており、キルヒャーはボルヘスがエッセイ「完全図書館」において「無限」探究の先人の一人に数え上げた人物でもあった。キルヒャーは、まさに中世カタルーニャの神学者・神秘家ライムンドゥス・ルルスによる「世界の真理を得る術」の洗練と完成を、後代において試みた稀有の自然哲学者の一人だったといえるだろう。

このキルヒャーによる版画「バベルの塔あるいは原存在論」（一六七九）【図Ⅳ-14】は、メソポタミアの古代都市バビロンのジグラートを原モデルにしたと考えられるが、その姿はどこかきわめて現代的な前衛建築さえ思わせる斬新なものともなっている。キルヒャーは、ある著書で「バベルの塔」の先端が月にまで到達することを科学的に検証する天体図のような図像を描いてさえいるが、そこでの塔の形象はまさに無限遠に向けて天空に延びる細長く鋭い角のような形をしていて神秘的である。ボルヘスの「バベルの図書館」の無窮の構造の一つの重要な源泉がキルヒャーにあることは間違いないであろう。

さて一八世紀になると、イタリアの版画家・考古学者・建築家ジョヴァンニ・バッティスタ・ピラネージ（一七二〇―一七七八）が登場する。ピラネージはローマ古代遺跡研究をもとに、「コロッセオ」などの精緻な版画化にとりくんだが、「廃墟」と「幻想」を結びつけ、都市の退廃と崩壊の姿に哲学的暗示を読み取ろうとした特異な世界観は、彼の連作版画シリーズ「牢獄」などに顕著である。たとえばそのなかの「跳ね橋」(『牢獄』一七五八)【図Ⅳ-15】と名づけられた銅版画は、上下左右といった空間秩序を無視するような不思議な配置によって跳ね橋や梯子、キャッツウォークや階段、柱やアーチ、さらにはウィンチやデリックのような土木工学的機械装置が稠密に描き込まれている。「牢獄」シリーズではほかにも「円形の塔」「鎖のある迫持台《せりもち》」などといった作品がよく知られているが、これらはどれも、ボルヘスが彼の物語の隠された主人公に据えようとした「図書館」の迷宮的な内部構造を、すでに二〇〇年も前に先取りして図像化しているようにすら感じられる。そしてそれが「牢獄」と呼ばれていることもまた、ボルヘスが描く図書館の住人たちがみな閉鎖空間を徘徊し、そこで命を終える終身刑の「囚人」のように見えることと、見事に符合している。

図Ⅳ-15　ジョヴァンニ・バッティスタ・ピラネージ「跳ね橋」(『牢獄』1758)

もう一人、「バベルの塔」の刺戟的な図像化の歴史に、一九世紀フランスの版画家ギュスターヴ・ドレ(一八三二—一八八三)を加えるべきであろう。ドレの描いたバベルの塔は、聖書にちなむ一連の版画作品のなかの一枚として「言語の混乱」(一八六五)【図Ⅳ-16】と題されているが、そこでは雲の遥か上へと延びる螺旋円錐形のバベルの塔を背景に、絶望して大げさに天を仰ぐ男と頭を抱えて嘆く人びとの姿が描かれている。ドレは、ダンテ、バルザック、フランソワ・ラブレーらの本に挿画を描いたが、ダンテ『神曲』の挿画の一枚である作品の、至高天を見つめるダンテとベアトリーチェの頭上には、無限遠にまで続く途方もない「天使たちのトンネル」とその彼方から差し込む太陽光が描かれている【図Ⅳ-17】。その姿は私に、ボルヘスの図書館の「通気孔」と呼ばれている孔から無窮の図書館の天上を振り仰いだときのような幻影をもたらす。このドレの描く光は、生命の源泉として、混沌の世界の雲間から最初の光が漏れ出す森羅万象の誕生の瞬間を示しているのだろう。しかし私には、この作品はボルヘスの造形した「通気孔」の永遠の底なしの果てにある死の領土の倒立像のようにも見え、その光輝あふれる世界からは、誕生だけでなく死の気配も同時に滲みだしてくるように思われるのである。

二〇世紀に入ると、「バベル」のテーマは、より現代的な美学や形而上学への関心へと深化してゆく。ここで誰よりも特筆すべき人物が、ボルヘスの同時代人として、きわめて近接した関心から「無

図Ⅳ-16　ギュスターヴ・ドレ「言語の混乱」（1865—1868 頃）

図Ⅳ-17　ギュスターヴ・ドレのダンテ『神曲』挿画（1892）

限」なるイメージを造形的に創造しようとした独創的な版画家、マウリッツ・コルネリス・エッシャー（一八九八―一九七二）である。エッシャーはボルヘスよりわずか一年早くオランダに生まれているが、ボルヘスが「無限」のテーマを作品化しはじめるのと同じ一九三〇年代から「平面正則分割」と呼ばれる版画作品を手がけ、さらに一九五〇年代からは「極限の円」シリーズなどの制作によって「無限」イメージの二次元的造形に没頭した特異な芸術家だった。ボルヘスとエッシャーがお互いを知ることなく、同じテーマを極限まで追究していたことは、同時代の不思議な親和力というべきだろう。

図Ⅳ−18　マウリッツ・コルネリス・エッシャー「バベルの塔」（1928）

図Ⅳ−19　マウリッツ・コルネリス・エッシャー「相対性」（1953）

エッシャーの木版画「バベルの塔」（一九二八）【図Ⅳ−18】は、空から見たバベルの塔という異例の構図をとっている。作者はこれを「鳥の目」から見たものだと説明しているが、ここではあきらかに、聖書的な含意とともに、天上の神の視線が意識されているといえるだろう。これまでの「バベルの塔」の描写にはなかった視線である。しかもよく見ると、塔の建設に携わる人びとはすでに言語の混乱を経験しているかのように大げさな身振りで絶望を表現しており、エッシャーはこのディスコミュニケーションの様相を白い人物と黒い人物を描き分けることを通じて暗示しようとしている。天上の視線から見た俗世間の「言語」の不毛性という寓意が、ボルヘスが、ここにはっきりと語られているように思える。

図Ⅳ-20a　マウリッツ・コルネリス・エッシャー「円の極限Ⅰ」(1958)

図Ⅳ-20b　コクセターによる「コクセター万華鏡」(1958)

の作品の一〇年後に「完全図書館」を書いて言語表現の限界域について語っていることも、ここで思い出しておこう。

エッシャーのリトグラフ作品「相対性」（一九五三）【図Ⅳ-19】もよく知られた迷宮的作品の一つである。「上昇と下降」（一九六〇）で「ペンローズの階段」（昇っているうちに降りて元に戻ってきてしまう巡回階段）のトリックを巧みに表現したエッシャーであるが、「相対性」においても、すでに空間の無限循環のパラドックスがテーマとして追究されており、三次元的不可能性や無限を有限に閉じこめる図像的冒険がここに示されている。この「相対性」という版画は、一つの空間のなかで、重力が互いに垂直関係にある三方向にはたらくという夢幻空間の描写であり、そこでは、三つの異なった重力世界に住んでいる三種類の人間たちが、同じ階段や回廊を共有するというパラドックスが巧みに一枚の平面的図像のなかに描き込まれているのである。すでに見た一八世紀のピラネージによる「牢獄」世界との驚くべき図像学的な類似も感じられ、ピラネージ―エッシャー―ボルヘスという三者の隠された連関は歴然としている。

さらにボルヘスの「バベルの図書館」には、図書館の「正確な中心が任意の六角形であり、その円周は到達不可能な球体である」という表現があったことも思い出してほしい。まるでエッシャーのある作品シリーズを解説したかのような文言でもあることに驚かされる。その作品がエッシャーの、双曲幾何学の理論を使った「円の極限」Circle Limit（一九五八）のシリーズである【図Ⅳ-20a】。エッシャーは一九五四年の国際数学者学会で、イギリス生まれのカナダの天才的な幾何学者ハロルド・スコット・マクドナルド・コクセター（一九〇七―二〇〇三）と出会った。これをきっかけにエッシャーはコクセターが非ユークリッド的双曲幾何学による円盤内の分割図の載った論文（「結晶の対称性とその一般化について」一九五八）を読み、強い刺戟を受けた。「コクセター万華鏡」【図Ⅳ-20b】とも呼ばれるその図は円盤を正六角形のタイルによって分割していくもので、六角形の辺はすべて円周で直交する円弧となるように描かれていた。この正六角形タイルは一二個の直角三角形タイルに分割されて図示されているが、そうした仕掛けによって、平面的には、六角形は円周に向かってどんどん小さくなるように見える。だがこれは、双曲世界に住む者にとってはみな同じ大きさであり、その果て（円周）は無限遠にまで描き込むことができるのである。

双曲幾何学の難解な世界における魅惑的な法則性を、エッシャーはコクセターにならって一種の「タイリング」（タイル貼り）の方法によって直感し、その世界像を「円の極限」シリーズによって表現した。「バベルの図書館」だけでなく、ボルヘスの他の短篇に登場する円盤や球体をめぐる無限性のヴィジョンにも、おなじような「タイリング」の思想が見てとれるのは、驚くべき符合であるというべきであろう。ボルヘスのテクストによる迷宮的空間を再現するためには、エッシャーとともに私たちの通常の幾何学的意識と視線が依拠するユークリッド空間を飛びださねばならないことを、こうした事実ははっきりと教えてくれるのである。

「バベルの図書館」の図像

最後に、ボルヘスの「バベルの図書館」（一九四四）以後の「バベル」形象化の事例をいくつか挙げておこう。すなわち二〇世紀後半の時点で、歴史的な「バベルの塔」の聖書的および民衆的な伝承

図Ⅳ-21　ピエール・クレイエット「バベルの図書館」（1961）

図Ⅳ-22　エリック・デマジエール「バベルの塔」（1976）

に由来する視覚的想像力に、ボルヘスの「バベルの図書館」に由来するあらたな想像力が付加されたのである。それによって、「バベル」の表象は、ほとんど「バベルの図書館」の形象化と見分けがつかなくなってゆく。それほどまでに、ボルヘスのこの短篇のインパクトは、私たちの「バベル」伝承の姿を変容させ、それを「図書館」という建築物とそれが示す隠喩へと牽引していったのである。

一例が、フランスの画家・版画家ピエール・クレイエット（一九三〇―二〇〇五）のリトグラフ作品「バベルの図書館」（一九六一）【図Ⅳ―21】である。クレイエットは一九六〇年代のフランス・ファンタスティック・リアリズム運動の牽引者のひとりとして活動した画家・版画家である。だが一つの美術的流派にとどまることなく、彼はロマン主義やバロックや象徴派などの技法やテーマを柔らかく統合しつつ、独自の幻想的世界を創造した。シェイクスピア、カフカ、ランボーなどの書物の挿画でも成果を収めたが、そうした一つがボルヘスの短編集への挿画だった。クレイエットの「バベルの図書館」は、まさに「ボルヘス以後」のイマジネーションが「バベル」のテーマを造形するときの書物世界との近接性を、はっきりと示しているといえるだろう。

そうした方向での「バベルの図書館」の図像化の試みとして、誰よりも刺戟的なイメージを生みだしたのが、現代随一の版画家というべきエリック・デマジエール（一九四八生）である。モロッコに生まれパリを拠点とする彼の作品の霊感は、アルブレヒト・デューラーおよびフランドル派の北方ルネサンス絵画が伝える厳格なリアリズムの世界にある。デマジエールは、すでに一九七六年のエッチング「バベルの塔」【図Ⅳ-22】において、これまでの美術の歴史におけるバベル表象史をすべて引き受けるような想像力とともに、崩壊と変容の感覚につつまれた塔の現代的顚末を暗示的に描き出していた。そのデマジエールが、二〇〇〇年にボストンで刊行された英語版の『バベルの図書館』(Jorge Luis Borges, *The Library of Babel*, Boston: David R. Godine, 2000) に付したエッチング作品の数々は、ボルヘス世界に触発されたその緻密な描写と、背後にある壮大な宇宙観と、リアリズムを凌駕するその幻想性において、きわだっている【図Ⅳ-23】。デマジエールの描く「バベルの図書館」はすでにボルヘスのテクストの記述の精確な再現という水準をはるかに超えて、独自の奇想的な造形と空間的氾濫、さらには細部の過剰な装飾性を見せているが、書物との接触と図書館という空間での生存のなかに、人間という生物種のなりわいのすべてを凝集させているかのような、どこか悲痛で終末論的な感情が、版画作品のすべての細部から滲みだしている。現時点で考えうる最高

図Ⅳ-23　エリック・デマジエール『バベルの図書館』英語版挿画（2000）

図Ⅳ-24　マリアンヌ・グンダーソン「バベルの図書館」（2013）

度の、ボルヘス宇宙との共振性を感じさせる作品群であるといえるだろう。

　最後に、デジタル時代のきわめて典型的とも言える「バベル」表象化の二つのヴァージョンについて触れておこう。一つは、ウェブ上で作品を公表しているマリアンヌ・グンダーソンのフォトコラージュによる「バベルの図書館」（二〇一三）【図Ⅳ-24】である（https://www.flickr.com/photos/asfaltkatt/sets/72157632868961808/）。このシリーズは、ボルヘスが書籍回廊の形態として採用した「六角形」をデジタルに加工・変形しながら万華鏡のように無限再生させ、そこに色とりどりの書籍を埋め込んだ夢幻的イメージの氾濫である。バベルの図書館の室内空間の表象にこだわるグンダーソンにとっては、現代人の視覚の閉塞、その封鎖状態が重要なテーマとなっているようで、ボルヘスの物語の一つの独創的な解釈がここに提示されていると考えることもできるだろう。

　現代のもう一例は、フランスの写真家・フォトモンタージュ作家ジャン・フランソワ・ロージエによる「バベルの塔」（二〇一六）である【図Ⅳ-25】。ロージエの、ポストモダン的な感覚によるハイパーリアリティの創造の方法論は、デジタルな反復とカットアンドペーストによるコラージュを基本としている。彼のフォトモンタージュ作品「ヴェルサイユ宮殿」「メイド・イン・ニューヨーク」「スロット・マシーン」などは、まさに現代都市のハイパーリアリティの見かけの豪奢とその陰にある悪

図Ⅳ−25　ジャン・フランソワ・ロージエ「バベルの塔」（2016）

図Ⅳ−26　エリック・デマジエール「トーマス・ブラウン卿の頭蓋骨」（2010）

夢とを、みごとに暴き出しているし、パリのカルチェラタンにある古典様式の建築物をコラージュした「サン・ジュヌヴィエーヴ図書館」や、サンパウロの路地を書物的イマージュで埋め尽くした近作「本のパサージュ」（二〇一七）などは、図書館や書物という媒介によって現代人の都市的生活の本質に肉薄してゆこうとする批評的洗練が感じられて興味深い。ロージエの「バベルの塔」は、タイトルこそ「バベルの塔」となってはいるものの、そのイメージはボルヘスによる「バベルの図書館」そのものの現代的ヴァージョンであることは一見して了解できるだろう。「六角形」というモティーフによって造られたモニュメンタルなビル＝塔が書籍を充満させて都市空間を埋め尽くすように無限に広がり、背後の空はどこか黙示録的な黄昏の色を湛えながら静まっている。ふと、人類が絶滅した後の誰もいない都市空間に、図書館の堅固な集積体だけが無辺際に広がる悪夢のような未来を想像してしまうのは私だけだろうか。「バベルの塔」をはじめとして彼の主要作品は、ほとんどすべてウェブサイト（http://www.rauzier-hyperphoto.com/）で容易に参照することができる。

　先に触れた版画家エリック・デマジエールには、「トーマス・ブラウン卿の頭蓋骨」（二〇一〇）【図Ⅳ−26】

と題する静物画があった。いうまでもなく古代ギリシャから美術の重要な主題となってきた「静物画」は、一七世紀のオランダで「動かない生命《スティルレーフェン》」Stilleven（英語の「スティル・ライフ」）と呼ばれはじめ、フランスでは「死んだ自然《ナチュール・モルト》」Nature morteと名づけられて、テーブルの上に置かれた花や鳥や石、あるいはグラスや皿や本やパイプのリアルな描写が、「不動性」や「死」を暗示するどこか不気味な絵画ジャンルとして成立してきた。とりわけ、デマジエールが範とする北方ルネサンス絵画の歴史では、この静物画のジャンルは「ヴァニタス」vanitas（＝「虚栄」）と呼ばれ、それはまさに、いかなるものも死を免れず、人間の生は不毛な豪奢と虚栄のなかでついには朽ち果てていくことを暗示する寓意的な主題として定着した。とりわけ「ヴァニタス」画の伝統では「書物」が「死」の隠喩となることが多く、そこには書物が示す現世の「知」なるものも、死とともに無に帰してゆくことへの悲観的な寓意が込められていた。

デマジエールの版画作品「トーマス・ブラウン卿の頭蓋骨」は、まさにこの「ヴァニタス」画の主題を現代に引き継ぎ、それを忠実に再現したものである。奇書『プセウドドキシア・エピデミカ』や『キュロスの園』の著者トーマス・ブラウン卿（一六〇五―一六八二）という、一七世紀の科学的知性と秘教的伝統との稀有な統合を体現した天才哲学者の頭蓋骨を書物と並べて描くことは、まさに「死」という終局的な宿命のもとで書物（＝知）の意味を問い直そうとする、現代のヴァニタス画の果敢な試みにほかならない。そして、錬金術師パラケルススからフランシス・ベーコン、アタナシウス・キルヒャーを経てボルヘスに至る連綿たる秘義的な知の水脈の要にいるトーマス・ブラウン卿こそ、ボルヘスにとって誰よりも大切な、彼の「バベルの図書館」の聖なる一冊を構成する作家にほかならなかった。ボルヘスは、トーマス・ブラウン卿に触れてこう語ったことがある。

カフカに負うところがあまりに大きいので、私は自分が存在する必要性を感じません。いや、ほんとうのところ私など、チェスタートンやカフカ、トーマス・ブラウン卿に捧げられた単なる一語にすぎないのです。
（リチャード・バーギン『ボルヘスとの対話』一九六九）

あらゆる言葉はすでに書かれてそこにある。「バベルの図書館」が、この、言語表現の完全性と、それゆえの不毛な反復性の悲劇とを同時に語ろうとしているのであれば、カフカやトーマス・ブラウン卿のあとに物を書くことは、自己存在の否定と隣り合わせの、苦渋にみちた徒労であることになる。ボルヘスの短篇「バベルの図書館」が「トーマス・ブラウン卿に捧げられた単なる一語」にすぎないという決定的な事実を、私たちは否定することができないだろう。

ボルヘスの「バベルの図書館」ににおうほのかな死臭の由来はこのあたりにある。知の顕示の六角形は、つねに知の終焉の六角形と境を接している。「バベルの図書館」は、書物と頭蓋骨とがこの六角形の連鎖による無限空間を埋め尽くす、究極の「ヴァニタス」vanitas（虚栄＝空虚）としての宇宙であるのかもしれない。

V　夢見られた私

この男ほど、多くの人間であった者はいない。

——ボルヘス「全と無」『創造者』

「円環の廃墟」Las ruinas circulares は、『伝奇集』に収録された一七篇の短篇の四番目に置かれた、原著にしてわずか八ページほどの短篇である。夢見る人が夢見られた人であることを発見するという、存在の無限の合わせ鏡、思念の迷宮的な永劫回帰を主題にした、精緻ではあれ分量的にはごく短いこのテクストは、しかし、スペイン語文学でもっとも有名な冒頭の一文ともいわれている、次のような書き出しで始まる。

Nadie lo vio desembarcar en la unánime noche, nadie vio la canoa de bambú sumiéndose en el fango sagrado,（……）

“Nadie”《ナディエ》（誰も〜ない）という主語をもった同じ構文がリズミカルに反復されるこの謎めいた冒頭の一文は、これまで公刊された日本語訳では次のような興味深い変異を見せている。

だれも彼が同意の夜に上陸したのを見たものはなく、だれも竹のカヌーが神聖な泥に沈むのを

見たものはないが、（……）　（篠田一士、一九六八、傍点は原文）

だれも彼がそのまぎれもない夜に上陸したのを見たものはなく、また、だれも竹のカヌーが神聖な泥に沈むのを見たものはないが、（……）　（篠田一士、一九七八）

闇夜に岸に上がった彼を見かけた者はなく、聖なる泥に沈んでいく竹のカヌーを見た者もいなかった。　（鼓直、一九九三）

その静かな夜に彼が上陸するのを見た者はいないし、竹の小舟が清らかな泥に乗り上げるのを見た者もいない。　（牛島信明、一九七四）

現在参照しうる、三人の翻訳者による四種類の訳文をこう比較してみたとき、このボルヘスの冒頭の一文を「有名」にすることになった「問題」が、原文において「夜《ノーチェ》」nocheを修飾している〝unánime《ウナニメ》〟なる突飛な形容詞の解釈の難しさにあることははっきりしている。「同意の夜」「まぎれもない夜」「闇夜」「静かな夜」。訳者によって、同義とは言えない、あきらかに異なった形容語によって修飾されているこの「夜」とは、いったいいかなる夜なのであろうか？　この謎はひとえに、「夜」nocheという語を修飾する形容詞〝unánime〟が、通常は「全員一致の」という意味で理解される語として、およそ「夜」を修飾する語としてはきわめて場違いであることに由来している。翻訳者たちはここで、ボルヘスによる詩的・暗示的・飛躍的な語法にふさわしい「翻訳」をいかに成り立たせるかに関して、直訳と意訳とのはざまで、苦渋の選択を迫られているのだと言えるだろう。日本における初訳の篠田訳のみが、通常の意味での「直訳」に近い「同意の夜」という冒険的な訳語（したがって傍点をつけて、特殊な比喩用法であることを明示した）を採用したが、その後篠田自身も「まぎれもない夜」と表現をよりふつうの修辞の側に寄せて修正しているし、他の二人の訳者ははっきりと「意訳」の立場に立って、常識的な「闇夜」あるいは「静かな夜」という訳語をあて、読み手にとって唐突で不可解な表現となることを避けているように見える。

では、この問題の箇所は、たとえば英訳ではどのように処理されているのだろうか？　いくつかの例を年代順にみてみよう（カッコ内は訳者名と版元、刊行年である）。

In the dead of night no one saw him land,（……）

(Paul Bowles, *View*, 1946)

No one saw him disembark in the unanimous night,（……）

(James E. Irby, New Directions, 1962; Anthony Bonner, Grove Press, 1962)

Nobody saw him come ashore in the encompassing night,（……）

(Norman Thomas di Giovanni in collaboration with J. L. Borges, Picador, 1970)

No one saw him slip from the boat in the unanimous night,（……）

(Andrew Hurley, Penguin Books, 1998)

この短篇作品の最初の英訳者である作家ポール・ボウルズが文語調で“in the dead of night”（真夜中に）としている以外、原文の“unánime”の英語形“unanimous”がそのまま使われているケースが多く、これはこの語に関して、スペイン語と英語が共通した語源（語幹）を持っていることから、ある意味では日本語訳よりは困難の少ない選択であったとは言えるだろう。しかし英語でもこの表現は、逐語的には「全員一致の夜」と解される不思議な用法ではあり、原著者ボルヘスと協働して英訳を作ったとされるディ・ジョヴァンニ訳は“unanimous”という語の含意をわずかにずらし、“encompassing night”（あたりを万遍なく包み込む夜）としていることが注目される。しかし日本語訳も含めていずれの場合も、“unánime”という形容詞を常軌を逸した風変わりなものであるとまず受けとめ、そのうえで、さまざまな角度から見てもっとも適切と思われる訳語を（直訳であれ意訳であれ）採用した、という点では変わりがないかもしれない。

けれども、“unánime”という唐突にも見える一語をどう受けとめるのかについては、それほど驚くことはないかもしれない。「全員一致の夜」——これを詩的な比喩ととらえれば、あるいはさらに一歩進んで、詩そのものであると受けとめれば、そこにあるのは違和感というよりむしろ、詩がより精確に物事の本質を照らし出すときの、深い直感的理解にほかならない。しかも、ボルヘスはさまざまなテクストにおいて、いわゆる「ラティニスモ」Latinismo（ラテン語法）をスペイン語や英語のような別言語に組み込んでゆく名手でもあった。そうした方法論から見たとき、“unánime”という語は“un＋anime”すなわちラテン語の“unus anima”（一つのアニマ）という原義を持った優美な語であり、「アニマ」を「風」「息」「魂」といった概念で受けとめれば、この“unánime noche”とは「一つの息となった夜」とか「一つの魂と化した夜」とでも解釈しうる、きわめて詩的に昇華された精緻な表現であることが了解されるだろう。

「円環の廃墟」の冒頭の一文は、こうして、ボルヘスの短篇小説における言語が、その表層的・逐語的な意味の安定をつねに逸脱し、揺るがし、ことばが「息」《アニマ》として生み出されるその根源の感触に依りながら、それが隣接するいくつもの象徴的意味論、その詩的・多義的な「揺れ」のなかで成立していることを私たちに教える。まさにこの冒頭のフレーズについて触れながら、ボルヘスは晩年のインタヴューで、「円環の廃墟」という短篇作品には繊細に巧《たく》まれたバロック的な文体がどうしても必要だったのだ、と回想している。そうでなければ、物語の枠は失われてしまっただろう、と。さらにいえば、どこか遥か遠く、オリエントあたりの舞台背景を思わせる空気と東方的な循環的時間への傾斜が、こうした精妙なバロック的な詩的文体を要請したのであろう。

さて、この作品の冒頭の一段落を、あらためて「詩」として受けとめながら読んでみよう。

一つの魂と化した夜、彼が川岸に上陸したのを見た者はいないし、竹の小舟が聖なる泥に乗り上げるのを見た者もいなかった。しかし二、三日もすると、その寡黙な男が南からやって来たこと、そして彼の故郷は川を遡った、険しい山の斜面に点在する無数の村の一つであり、そこではまだ古代ペルシャ語がギリシャ語に汚染されてはおらず、癩患者などまれであることを知らぬ者はいなくなった。実際、その灰色の男は泥に唇を押しつけ、繁茂する蘆《あし》の葉に肌を切られながら、それを払いのけもせず（おそらくそれを感じることさえなく）、堤に這い上がり、血にまみれてふらふらになりながら、重い足を引きずって、かつては焔《ほのお》の色であったものがいまでは灰色に褪《あ》せてしまった虎か馬の石像に見守られた、円形の空き地にまでやって来たのである。空き地は社《やしろ》の境内だったが、社はとうの昔に火事で焼かれ、森の瘴気に侵されて、祀られた神を崇める者はもういなかった。よそ者は台座の下に横たわった。

（「円環の廃墟」）

次々と繰り出される、意表をついた語彙の乱舞と謎めいた事物や隠喩の重層に、読者は息を飲むことであろう。事実、この陶酔的に美しい文体に呪縛された作家や詩人も少なくなかった。たとえば、二〇世紀アルゼンチンの特異な幻視的詩人アレハンドラ・ピサルニクは、この作品の冒頭とそれに続く全文を、いつでも暗誦することができたという。彼女は、心から、まるで一篇の天上的な詩を詠むかのようにこれを朗読した。とりわけその驚くべき修飾辞《エピセット》の連続、その繰り返しが、夢のような感触を与え、読む者に一種の誘眠効果さえともなって迫ってくるのだった。そうした修飾辞のなかでもきわめつけが、冒頭の一文に現れる「一つの魂と化した夜」であり「聖なる泥」であった。

この“unánime noche”という特異な修辞的表現が生み出される背景、その隠された典拠について、もう少しだけ探究を進めておこう。こうした表現がボルヘスという個人の新奇な「独創」である、といった考え方は、すでに見てきたように、長い「言語的伝統」の末裔としての謙虚さの上に自らの文学行為を位置づけてきたボルヘスの美学を裏切るものだからである。

すると、私たちはすぐさま、この“unánime”という語の直接的な由来を、あるいは同時代的な響き合いを、他の文学者たちの作品にも確かめることが可能である。たとえば、スペインの詩人ヘラルド・ディエゴの詩「コンポステラの天使」（一九四〇）に現れる、「一つの魂となった円い海の翼」alas de un mar unánime y redondo という表現。あるいは同じ詩人の「ラレードの狂詩曲」における「歌は森に響く一つの魂としての夜」Canto es la noche unánime del bosque といった詩句。前者はボルヘスの「円環の廃墟」と同年に生まれた作品であり、後者はまさに同じ「夜」という語を修飾する表現となっていて、こうした修飾辞の響き合いの偶然は、より深いところで、詩的言語の生成の秘密を示唆しているといえるだろう。そしてボルヘスやディエゴの先駆者であるモデルニスモ文学の代表的詩人ルベン・ダリーオ（ニカラグア）やレオポルド・ルゴーネス（アルゼンチン）らの斬新な修辞語法の反響こそ、こうした秘義的な修辞学を生み出す源泉にあるものであろう。たとえばダリーオの詩「ソナチネ」（一八九五）には「紺碧の湖に浮かぶ一つの魂と化したハクチョウたち」cisnes unánimes en el lago de azur といった鮮烈な詩行が存在するのである。この“unánime”という一つの形容詞の群島的な反響をさまざまな詩人たちの詩のなかに探り当てる作業によって、スペイン、ニカラグア、アルゼンチンを結ぶ豊饒な詩的言語の隠された系譜の歴史が明らかにされるはずである。まさに詩によって成り立つ、異なった作者による言語と想像力の「全員一致」性、すなわち「帰一性」をめぐる秘義である。結局、すべての詩とは、一つの魂《アニマ》と化した声にほかならないのだ、という鮮烈な啓示が私たちのもとにやって来る。

さらにいえば、この語はボルヘスの無数の分身としてのボルヘス自身の作品のなかにも、すでに登場していた。短篇「円環の廃墟」はブエノスアイレスの『スール』誌の一九四〇年一二月号に発表されているが、同年の一〇月にボルヘスが『ラ・ナシオン』紙に寄稿した詩「循環する夜」La noche cíclica にも、この“unánime”がじつは登場していたのである。

Las plazas agravadas por la noche sin dueño

son los patios profundos de un árido palacio
y las calles unánimes que engendran el espacio
son corredores de vago miedo y de sueño.

主なき夜によって圧せられた広場は
荒んだ宮殿の奥深くに沈む中庭
そして魂を一つにした街路は
漠たる怖れと夢でできた回廊を生み出す。

（「循環する夜」一九四〇）

ここで"unánime"は「街路」calleにかかる修飾語となっているが、これはまさに「循環する夜」をテーマとして永劫回帰の哲学を思考する詩作品であり、その内容は、ブエノスアイレスの夜の街路を夢のなかで彷徨するときの幻影のような事物の揺らぎと反映そのものであった。「円環の廃墟」は一人の夢見る人、その魔術師らしき人物が夢見によってひとりの人間をこの世にあらしめようとする物語だったが、そうだとすれば、ボルヘスは「円環の廃墟」を書きながら、もう一方で、「ブエノスアイレス」という、最愛の故郷、しかしどこにもない一つの都市を、夢見によってこの世にあらしめようとしていたのかもしれない。

ボルヘスの円環と迷宮

「円環の廃墟」の内容について考える前に、この作品の思想史的背景をかたちづくる円環性や迷宮性というテーマをボルヘスが着想することになった経緯について簡単に見ておこう。それを証言するのが、ボルヘスの初期の批評的テクスト「円環的時間」El tiempo circular である。この文章はもともと「永劫回帰の三つの形式」というタイトルでブエノスアイレスの『ラ・ナシオン』紙に一九四一年一二月一四日に掲載されたものだったが、のち『永遠の歴史』(一九三六)の第二版(一九五六)において、同じテーマを扱っている「循環説」La doctrina de los ciclos の後に追加挿入されたものである。まさに「円環の廃墟」が書かれたのと同じ時期に、ボルヘスの頭を「永劫回帰」をめぐる哲学史的主題が占めていたことがここから窺われる。

「円環的時間」の原題が示すように、ここでいう「永劫回帰の三つの形式」とは以下の三つである。第一に、ボルヘスはプラトンの『ティマイオス』によりながら、七つの惑星のその相異なる速度が均衡を保つことによって最初の出発点の位置にすべての惑星が戻ってくる、そのときまでの公転の時間が「完全年」を構成するという考えが生まれたことを説きながら、こう書いている。「もし惑星の周期が循環的なものであるならば、宇宙の歴史もまたそうであり、各プラトン年の終わりにはふたたび同じ個人が生まれ、同じ運命がまっとうされるだろう」。プラトン年とは、太陽と七惑星が元の位置に戻るのに要する三万六千年の周期のことだと考えられていたが、その時間が経過した後は、あらゆる事物が以前と同じ状態を回復する。ボルヘスは、のちにトーマス・ブラウン卿が「そのときはふたたびプラトンなる人物が現れ、彼の学府において新たにこの教義を説くであろう」と書いたことを紹介し、世界そのものが永劫回帰の輪のなかで再生産されるという思想に注意を向けている。

第二の発想源は、デイヴィッド・ヒュームの『自然宗教に関する対話』(一七七九)に依拠するものである。そこでは物質は、有限のものと考えられている。有限数の粒子は無限の組み合わせの変化を許容することができないからである。ヒュームに依りながらボルヘスは書く。「永遠の持続のうちには可能なかぎりの種類と配列が無限回起こるであろう。この世界は、極微にいたるその細部のすべてが丹念に仕上げられては空無と化してきた。今後もそれは丹念に仕上げられては空無と化すであろう――永遠に」。ここに、すべてが永遠に回帰しては空無と化すという思想がはっきりと示されている。

第三にボルヘスは、マルクス・アウレリウスらに依りながら、こう書く。「いかなる時の経過も――百年であれ、一年であれ、一夜であれ、そしておそらくは捕捉しえない現在であれ――完全な形で歴史を包蔵している（……）人間の認識、感情、思考、栄枯盛衰の数は有限であり、死ぬ以前にわれわれはそれを使い果たすであろう（……）」。すでに「バベルの図書館」の蔵書における有限性、そして人間により「書かれたもの」がいつかは飽和状態に達し、すべては過去の反復となってゆくだろうという主題を考察してきた私たちは、ここにもきわめて近接したテーマが変奏されていることを知るであろう。だが、皮相な悲観主義に陥らないために、こうした議論のあとに、ボルヘスがこうつけ加えていることにも注目しておこう。

栄華を極めた時代においては、人間存在が一定不変の量であるとする憶説は人を悲しませも苛立たせもするであろう。だが（現代のような）衰退の時代には、それはいかなる恥辱も、いかなる災厄も、いかなる独裁者もわれわれを衰退させることはできないという約束なのである。

（「円環的時間」）

こうした文言は、政治社会に向けての直接的な発言を、自らの文学的な実践においては極力回避してきたボルヘスにとっては、きわめて特別のものといわねばならないだろう。永劫回帰の神話に依るかぎり、人間存在も、その創造物も、一定不変の量のなかで収束し、あとはそれを反復しつづける。この、悲観主義や敗北主義へと導かれかねないテーゼを、ボルヘスはアルゼンチンの同時代の政治的混乱期にあって、むしろ「約束」promesa、すなわち未来への「希望」として位置づけようとしている。いかなる政治的災厄がふりかかろうと、それは世界の「縮小」や「堕落」を意味するものではない。むしろ混乱ののちに、ふたたびすべてを全的な世界へと回帰させようとする、宇宙的な力が働くであろう——これはボルヘスだけでなく、いまの私たちが自らの力の可能性とともに「世界」へとふたたび介入しようとするときの、大いなる希望へとつながる思想である。

「円環の廃墟」の夢

「円環の廃墟」の冒頭には、作者の思い入れがたっぷり詰まったと思われる、こんなエピグラフが置かれている。

And if he left off dreaming about you ...

Through the Looking-Glass, VI

もし彼がきみを夢見ることをやめたなら……

図V–1　夢見るキング。版画家ジョン・テニエルによる『鏡の国のアリス』初版（1871）の挿画

既存の邦訳では篠田一士訳も鼓直訳も、ともに『鏡を通って』（ないし『鏡をとおって』）となっているが、このエピグラフの典拠は、いうまでもなくボルヘスにとっての特権的な分身ともいうべきイギリスの作家ルイス・キャロルの『鏡の国のアリス』*Through the Looking-Glass*（一八七一）の第四章である。夢のなかでウサギ穴に落ちた少女アリスの荒唐無稽な冒険を描いたキャロルの前作『不思議の国のアリス』（一八六五）につづき、今度は「鏡」を通り抜けて異世界へと迷い込んだアリスの冒険が、ナンセンスな言葉遊びや風刺によって展開する『鏡の国のアリス』。ここではさらにそのテーマが、反復や分身や迷宮といった、よりボルヘス的な主題に近づいていることも特徴的である。ボルヘスが「円環の廃墟」のエピグラフとして引用した場面を原著にあたりながら確認しておこう。

その場面では、一本の木の下で、アリスが互いにそっくりな二人の小男トウィードルダムとトウィードルディーと話をしている。赤いキングは湿った草むらでぐうぐう大いびきをかいて昼寝をしている【図V–1】。

「首も吹っ飛びそうな大いびきだぜ！」トウィードルダムがいった。（……）
「いま夢を見てるところさ」トウィードルディーがいった。「なんの夢だと思う？」
　アリスはいった。「そんなこと、誰にもわからないでしょ」

「やあい、おまえさんの夢だ！」トウィードルディーはいい、得意満面で手を叩《たた》いた。「キングがおまえさんの夢を見るのをやめたら、おまえさんはどこにいると思う？」

「いまいるところよ、もちろん」アリスはいった。

「なあに、いるもんか！」トウィードルディーはせせら笑うようにいい返した。「どこにもいないね。おまえさんはキングの夢のなかのものにすぎないんだからな！」

（ルイス・キャロル『鏡の国のアリス』柳瀬尚紀訳、ちくま文庫、一九八八）

「キングがきみの夢を見るのをやめたら……きみはどこにもいない」。「きみは彼（キング）が夢見たものにすぎない」you're only a sort of thing in his dream。自己という幻影、その不毛さにかんするこの究極のセリフは、まさに遠い谺となってボルヘスの「円環の廃墟」の最後の一行にはね返ってくる決定的な一句となる。

では「円環の廃墟」という短篇はどのような物語なのか？　先に冒頭部分を引用したが、その内容は稠密な文体のなかで展開する次のような物語である。ごく簡潔にたどってみよう。

物語の主人公である男（＝魔術師）が小舟に乗って川を下り、ある岸に上陸する。そこには火の神に捧げられていた円形の社《やしろ》が、うち捨てられて廃墟となっている。魔術師は一つのとっぴな企てを実行しようとしている。それは、ひとりの人間（「息子」）を夢に見、その存在を現実のなかに導き入れようという試みである。廃墟の台座のかたわらに横たわった魔術師は、ひたすら眠り夢を見ることを繰り返す。始めのうち、彼の夢見が創造した者たちは、創造主には従順ながら個性に欠け、この世界に場所を占めるに値する魂を持ち合わせてはいなかった。しかも脈絡のない曖昧な夢の像に秩序ある形態を与えることは至難の業であり、夢は粗雑な幻影となって崩れ去り、男の最初の試みは失敗に終わる。

めくるめく夢の錯乱で消耗してしまった男は、夢を見ずに眠ることを覚えて体力を回復し、ゆっくりと立ち直っていく。やがてある日、ふたたび入念な儀式と祈りののちに眠りに入った彼は、脈打つ一つの心臓を夢に見る。男はゆっくりとそれを見守り、少しずつ育て、一年ほどののちにそれは骨と肉と頭蓋をそなえた完全な人間となる。廃墟の石像が火の神となって男の前に現れ、男に、彼の手造りの息子に火の崇拝の秘義を教えたのちに川の下流にあるもう一つの廃墟の社に送るように、と告げる。このとき「夢見る男の夢のなかで、夢見られた男が目覚めた」。

さらに長い年月をかけて息子に知識を授け、この現実に馴致させたのち、魔術師はついに息子を下流の社に送りだす。魔術師は目的を達成したのだ。送りだす前、自分が幻影であることに息子がけっして気づかないよう、彼は息子の頭から修業時代の思い出をすべて消し去っておく。だがどこかで、魔術師のなかに不安と焦燥感が高まってゆく。息子はいまや、遠く離れた川の下流にある別の円形の廃墟で、同じような夢見の秘義を行っているのだろうと想像する。魔術師は自分の夢見の能力が減退しているのを感じるが、それこそ、遠くへ行った息子が彼の魂を滋養として吸収していることの証しだった。

ある深夜、魔術師の焦燥は極点に達する。二人の船頭が岸に寄りつき、彼に、遥か彼方の川岸の社に、火傷もせずに火の上を歩くことのできる魔術師がいるという話を聞かせたからだ。息子が幻影の出自を持っているという秘密は、ひとえに、夢見られた存在は火によってけっして焼かれることがないという事実を知ることによって暴かれる。息子が自分自身を他人の夢の投影に過ぎないと見抜いたときの恥辱と困惑を魔術師は想像し、息子の将来をほんとうの親のように気づかう。そのあとに物語の結びの部分がくる。この物語の円環構造をみごとに成立させる、精緻な文体によって装われた最後の一段落はこうである。

その予兆がなかったわけではないが、この憂慮の結末は当然やってきた。まず（長い旱魃が終わると）はるかな丘の上に、小鳥のように軽やかな雲がかかった。ついで、南の空が豹の歯茎のような薔薇色に染まった。それから、もくもくと立ち上る煙が鋼のような夜を錆色に焦がし、最後に恐慌をきたした森の動物たちが逃げ出した。数世紀前に起こったことが繰り返されたのだ。火の神の神殿の廃墟は火によって破壊された。小鳥の鳴き声も聞こえない明け方、魔術師は旋回していた焔が頭上にふりかかって来るのを見た。とっさに川に避難しようと思ったが、すぐに、自分を苦悩から解放し、その最期を美しく飾るために、死がやって来たのだ、と悟った。彼はめらめらとはためく焔のなかに進んで行った。焔は肉をかむどころか、愛撫し、焼くことも熱を感じさせることもなく、彼をくるみこんだ。安らぎと屈辱と戦慄のなかで、彼は自分もまた、誰か他者が夢見ている幻にすぎないことを理解した。（「円環の廃墟」）

「彼」「寡黙な男」「灰色の男」「余所者」「魔術師」「夢見る男」「師」……。主人公の男を示す主語がけっして固定されず、全編にわたって揺らぎながら進んでゆくこの鮮烈な短篇では、すべての道具立てがどこかで曖昧に揺らめき、円環や迷宮、反復や分身の関係をなぞってゆく。夢見の儀式の舞台となる廃墟は、それ自体が迷宮のような構造を持った社だったように読める。そこには意味あり気な石像の虎と馬が相互の分身のように置かれていた。川の上流と下流に、うり二つのような社の廃墟があるらしかった。魔術師には過去がなかったが、それはのちに彼が「息子」の記憶を消してしまうという出来事の伏線でもあった。夢見に費やされるエネルギーの量によって、夢見られた人や事物に与えられる形は揺らぎをみせた。火という究極のエレメントだけが、幻影の人間と血肉を供えた人間とを見分けることができた。だからこそ、火への崇拝は不可欠であり、火への帰依によって、主人公は己を実在のものと信じ、また彼の作り上げた「息子」を現実に送りだすこともできるのだった。だが「息子」が火によって燃えることのない存在（すなわち幻影）であるだけでなく、魔術師自身も焔のなかでおのれの「不死」を知る。その不死とはすなわち、自らが現実の存在ではなく、誰かの夢見による幻であることの証拠だったのである。

最後に物語は円環状に回帰してゆく。物語の冒頭で上流からやって来た魔術師とは、最後に彼が下流へと送りだした「息子」の分身（あるいは再現）であったにちがいない――そうした直感が読者に鮮烈な迷宮の残像を残してゆく。その時間と空間の迷宮はつぶやく。出口はどこにもない。すべてが不毛な反復であり、同じものの回帰に過ぎない、と。そして、そもそも私たちが信じているこの現実自体が、反復された夢にすぎないのだ、と。だが私たちはその夢＝人生に酔い、それを哀しむ。それを生きるほかにすべはないからだ。だとすれば、それは甘くも儚い幻想なのだろうか、それとも冷酷な自己凝視の果ての「生」をめぐる淡い希望なのだろうか。

夢見る「作家」

ボルヘスにとっての「夢」と「夢見」がもたらす昂揚について、ボルヘス自身の興味深い証言を伝えているのがアルベルト・マングェルの小著『ボルヘスとともに』*Con Borges*（二〇〇四）である。青年時代からボルヘスと親密な交友関係にあったマングェルによれば、ボルヘスはきわめて鋭敏で繊細な「夢見る人」であり、自らの見た夢を好んで語る人であった。そして、夢がボルヘス自身の思考にかかっていた規制の力を解放し、解き放たれた思考がその自由をもって自らの物語を夢として演じてみせるとき、彼の小説《フィクシオン》が胎動する。マングェルはこんなふうに書いて、夢に魅了されるボルヘスのことばを私たちに伝えている。

ボルヘスは、眠りに入る直前の、睡眠と覚醒のあわいの時間をとくに気に入っていた。その瞬間、彼は「いま自分が意識を失うのだ、ということを意識している」状態にあった。「意味のない言葉で自分に語りかけたり、見知らぬ土地が現れたりするうちに、私は夢の斜面をすべり落ちてゆくのです」。ときに、夢は物語を生み出す出発点となるような糸口を彼に与えた。たとえば短篇「シェイクスピアの記憶」は、「私があなたにシェイクスピアの記憶を売りましょう」という、ボルヘスが夢のなかで聞いたひとことが引きがねとなって書かれた。「円環の廃墟」もまた夢から生まれた物語で、それを書いているあいだの喜びにあふれた一週間は、生涯で唯一、訪れた夢の啓示に導かれるまま、自分の創作的な意識からまったく離れていた稀有の時間だったという。

(Alberto Manguel, *With Borges*, London: Telegram Books, 2006)

こうした夢の歓喜は、だが夢への畏怖と表裏一体でもあった。ボルヘスにとっての夢の、その悪夢的な出現は二つの道具立てで成り立っている。その一つが「迷宮」であり、もう一つが「鏡」である。

迷宮、それは彼の少年時代に、フランスで出版された『世界の七不思議』についての本のなかにあった「クレタの迷宮」の銅版画を見て怖れを感じた体験にはじまる【図Ⅴ-2】。少年ボルヘスの夢想では、その背の高い円形劇場のような迷宮には出口がなく、中央にはミノタウロスのような人身牛頭の怪物が彼を待ちかまえているのだった。どこかで、「円環の廃墟」の朽ちかけた社を思わせる原風景である。

　そして鏡、それは扉や壁が鏡になっている、やはり無限の迷宮をうみだす魔術的な道具だった。ルイス・キャロルに魅了されたボルヘスは、鏡のなかの平行世界の自由と不条理の機知に惑溺したが、一方で、鏡は恐怖の源泉ともなった。ボルヘスはあるとき、それが自分ではない誰かの顔を映し出してしまうのではないかという怖れにとりつかれる。しかも鏡がさらに恐ろしいのは、それが誰の顔も映しださないときである。ボルヘスは、晩年七八歳のときに七夜にわたって行われた講演をまとめた『七つの夜』（一九八〇）の一章を「悪夢」についての考察にあてている。そこでのボルヘスの最大の怖れも、自分が鏡に映っているある夢に由来する。そこに映っているのは「仮面を被った私」なのである。だが彼は仮面を外すのが恐い。なぜなら、恐ろしい病にかかって無惨に変形した自分の顔をそこに想像してしまうからである。

　この悪夢という鏡の迷宮は、しばしば寝ている者の前に現れる夢の怪物を生み出す。ボルヘスも『七つの夜』で語るように、ラテン語で「夢魔《インクブス》」と呼ばれているこの悪魔は睡眠中の人間を圧迫して悪夢を見させる張本人とされている。一八世紀イギリスで活躍したスイス人画家ヨハン・ハインリヒ・フュースリーの絵「夢魔」【図Ⅴ-3】では、悪夢のなかに連れ去られた一人の娘の横たわった身体の上に、黒く邪悪な小怪物がまたがり、さらにカーテンの影からは黒い馬（英語の“nightmare”すなわち「夜の雌牛」）がじっと娘を見つめている。そしてこの夢魔や夜の雌牛に取り憑かれた劇作家こそ、ボルヘスの文学的師の一人、ウィリアム・シェイクスピアであった。

だがこうした悪夢も含めて、ボルヘスは夢に魅了されている。夢ではすべてが可能だからである。それは現実における「可能性」というそれ自体限定づけられた領域を破って、その外部に広がる、生死を超えたもう一つの可能性、無限に広がるより全的な「可能性」の場を示唆する。しかもその夢は、睡眠だけによって得られるのではない。ボルヘスの考えでは、「読書」という行為こそが、そうした夢への真正の入り口なのである。図書館で本に向き合う「読者」たちのことをボルヘスは、書物の引力によって日常を脱した静謐な時空間のなかで「明晰な夢」に没頭する者、とさえ呼んでいる（『創

図V-2　「クレタの迷宮」を描いた15世紀の銅版画（大英博物館蔵）

図V-3　フュースリー「夢魔」（1781）

造者』）。

そんなボルヘスが、夢見によって呼びよせたい究極の「希望」（＝夢）が書かれた感動的なテクストがある。『創造者』（一九六〇）の冒頭にある序のような「レオポルド・ルゴーネスに捧げる」と題する断章がそれで、そこでボルヘスは短篇作家としての自らの先駆者であり、誰よりも敬愛するアルゼンチン近代文学の詩聖ルゴーネスに呼びかけながら、彼の究極の「夢」について語っている。

ボルヘスはその夢のなかで、完成したばかりの自著（『創造者』そのもの）を抱えて広場のざわめきを通り過ぎ、図書館に入ってゆく。薄暗い内部では、「明晰な夢」に没頭する読者たちの顔が読書灯の明かりに照らされて浮かび上がっている。すると夢のなかのボルヘスは、彼と同じく図書館の館長でもあったルゴーネス（死までの二十数年間、ブエノスアイレスの「国立教員図書館」の館長だった）の執務室の扉の前にいつのまにか立っている。ここからが感動的な一節である。

そこ［執務室］へ入って、ありふれてはいるが心のこもったことばを交わし、この書物をあなたに贈る。思い違いでなければ、ルゴーネスよ、あなたはわたしを嫌ってはいなかった。あなたの気に入るような作品が何か一つでも書ければ、あなたは心から喜んでくれたにちがいない。だが、一度としてそのようなことは起こらなかった。しかし今度ばかりは、あなたもページをめくり、詩行を拾い読みしてうなずく。おそらく、そこに自分自身の声を認めたからであろう。（……）

ここでわたしの夢は崩れる、水が水に消えていくように。わたしを取り囲んでいる図書館は、ロドリゲス・ペーニャ通りではなくメキシコ通りにあり、ルゴーネスよ、あなたはすでに一九三八年の初めに自殺している。わたし自身の見栄と懐旧の情が、ありえない光景を生み出したのだ。

そのとおりかもしれない、とわたしは呟く。だが、明日はわたしも死んでいるかもしれない。わたしたち二人の時はない交ぜになり、年表は象徴の世界に消える。だからある意味では、わたしはこの書物を持参し、あなたは気持ちよくそれを受けたと言ってもよいのではないだろうか。

（「レオポルド・ルゴーネスに捧げる」『創造者』鼓直訳、国書刊行会、一九七五。訳語の一部を改変）

一冊の著書を仲立ちにして、二人を隔てる時間も空間も消え、そこに魔術的な「合体」が実現する。ボルヘスはたしかに、彼の詩や短篇において「夢」のモティーフに取り憑かれ、それをめぐってひたすら書きつづけた。「迷宮」と「鏡」という秘義の道具とともに。さらには「図書館」や「廃墟」という舞台装置をもって。だが究極的には、ボルヘスの「夢」は、このルゴーネスとの不可能な邂逅をめぐる感動的な情景のなかですべて描き尽くされている。自らが書きつけた詩行を、畏敬する先人が自分自身の声として認めること。この言葉の集合的な回帰、この他者の声との一体化こそ、夢がいかに儚い「自己」という幻想を突きつけようと、自らが万人へと解き放たれ、世界のすべてと合一する奇蹟を示してはいないだろうか。

ある意味で、「作家」とは夢見る人にほかならなかった。自己を無と化し、無限の他者との合一をひたすら希求する者。そこから「虚構＝フィクシオン」という夢の果実を収穫する者。おなじボルヘスの『創造者』のなかには「全と無」Everything and Nothingと題された印象的な断章がある。それが英語の題であることが示唆するように、このテクストはシェイクスピアの俳優＝劇作家としての苦渋の内面を想像しながら書かれたものである。俳優になるためにイングランド中部の田舎からロンドンに出た若きシェイクスピアは、すでにうすうす感じていた「何者でもない」という自分の真のありようを他人に悟られないため、何者かであるかのごとく振る舞う方法を役者になることで身につける。やがて彼は、王や英雄や道化たちが登場する波乱万丈の劇を創作することによって、暴政のマクベスや悲劇のリア王やひばりを忌み嫌うジュリエットや嫉妬に狂うオセロら無数の人格の背後に危うい自己を隠し通した。生きることが、夢見ること、演じることと一致するにちがいないと信じて、シェイクスピアは数々の有名な章句とセリフを書いた。

だがそのような幻影のなかで二〇年ほどを生きたある日、彼は突然、斃れる王や不幸な恋人やいたずら好きの妖精であることに倦怠と恐怖を抱き、ただちに一座を他人に譲って故郷へと帰った。彼はもう誰をも生み出さず、いかなる仮面も被ろうとしなかった。ただ隠居所を訪ねてきた親しい友人たちには、申し訳なく思ってふたたび詩人の役を少しだけ演じた。シェイクスピアの死に際しての内面の声を、ボルヘスはこの不世出の劇作家に成り代わるようにして、こう想像しながら書きつけている。

死の前であったか後であったか、彼は神の前に立っていることを知り、こう訴えた。「わたくしは、これまで空しく多くの人間を演じてきましたが、今や、ただ一人の人間、わたくし自身でありたいと思っております」。すると、つむじ風のなかから神の御声が応えたという。「わたしもまた、わたしではない。わがシェイクスピアよ、お前がその作品を夢見たように、わたしも世界を夢見た。わたしの夢に現れるさまざまな形象のなかに、たしかにお前もいる。お前は、わたしと同様、多くの人間でありながら何者でもないのだ」

（ボルヘス「全と無」『創造者』一九六〇）

神の夢見（創造）の産物であるかもしれぬ人間が、その神から、自分もまた世界を夢見ることを通じて無数の他者へと転生していたのだ、と告げられたとき、唯一無二の絶対者へと向けられるべき儚い人間の魂の救いはどこにあるだろう？　すべてであり無。神もまたこの宿命から逃れることは、ボルヘス世界においては、できないのである。

あの「円環の廃墟」の魔術師ならば、この神のことばにどう反応するだろうか。火で焼かれるべき生身の人間でありたいと泣きながら訴え、神におのれの死を嘆願するだろうか。それとも、神ですら夢見の迷宮にからめとられた存在であると知って絶望し、永遠の覚醒と永遠の夢のはざまの辺獄《リンボー》で、無為の生を送りつづけることに静かに同意するだろうか。

すでに何者かによって夢見られてしまった私。私の夢ですら、誰かの夢見の産物でしかないのだとすれば、この夢が折り重なる閉じられた迷宮こそが世界であり、宇宙である。プラトンが説いたように、星辰はもとの場所に回帰する。私たちの漕ぐ小舟もまた、いつか夢で見たかもしれぬあの川岸の朽ち果てた社の傍らへと、ひたひたと無音の水音を立てながらいま近づいているのかもしれないのである。

「全員一致」unánime の夢

最後に、ボルヘスによる「夢」と題された一篇の詩を静かに受けとめておこう。短篇小説である「円環の廃墟」という見かけ上の「散文」が、純然たる「詩」として書かれたならば、あるいはこのような形をとっていたかもしれない、という一つの結晶化された例である。それが書かれたのは一九七五年。あの円環の廃墟の傍らで夢見る魔術師の物語が書かれてから三五年もの時が経っている。にもかかわらず、回帰する夜ごとの夢がボルヘスに与える幻想の質は、いささかも変わっていないように見える。
ボルヘス七六歳のときの詩「夢」の全行は、つぎのとおりである。

真夜中の時計が惜しげもなく
芳醇な時をふりまくとき。
わたしはユリシーズの漕ぎ手たちより遥かに遠く
人間の記憶の及ばない
夢の領野へと赴くだろう。
そしてその海に没した土地から
いまだに謎のままの遺物を拾い上げる——
素朴な組成の草花
やや雑多な動物
死者たちとの対話
ほんとうは仮面である顔
とても古い言語に属する言葉
そしてときに　白昼がわれわれに与えるものとは
比べられないほどの恐怖。
わたしは万人であり　何者でもないだろう。
わたしは他者であり　それがわたしであることを知らないだろう。

わたしはあの別の夢を見た者
わたしはわたしの不寝番《ねずばん》
夢はそれを裁く
諦めの微笑を浮かべながら。

（「夢」『永遠の薔薇』一九七五）

歳月の年輪を刻み、ボルヘスの頭脳が囚われている夢の造物には「過去」の影がより深く投影されているようである。しかし、自分がすべてでもあり、無でもある、という究極のヴィジョンにはいささかの揺らぎもない。三五年たって、彼はもはや夢見によって新たな人間をこの世に生み出す、というよりは、夢を通じて水没し堆積した記憶の地層からささやかな遺物を拾い上げ、それがたとえ恐怖や苦悩であっても、それらに限りない慈愛のまなざしを投げかけることで、「わたし」という存在を救済しようとしているように見える。

私は、夢見る私を寝ずに見守る不寝番である——。この、夢と現実の境界に揺らぐ意識の迷宮の姿を語る表現は、深く、美しい。傍らに親しい分身の影を随えた、そのような夢見であれば、たとえひとときの過激な幻影であったとしても、私たちはその夢を見たいと切望しないだろうか。

「円環の廃墟」を書いたとき、まさにボルヘスはそのような静かで明晰な陶酔のなかにいた。その夢見の物語は、一人の作家の内部に鮮烈な夢の尾を引きながら、彼の「現実」のすべてを占めつづけた。夢と現は反転し合いながら打ち重なり、作家の創作の深度を鍛えていった。ボルヘスは自著の注釈において、こう回想している。

一九四〇年に「円環の廃墟」を書いたとき、その執筆はかつて経験したことがないほど（それ以後も経験してないが）激しく、私の魂をどこかに連れ去った。この物語全体が夢に関することだったので、書きついでいる最中は、私の日常事――市立図書館での仕事、映画を観に行くこと、友人と食事を共にすること――がまるで夢のように感じられた。その一週間というもの、私にとって唯一の現実はこの物語だったのである。

（ボルヘス「自著註解」、『アレフその他の短篇集　1933-1969』英語版、一九七一）

ボルヘスの物語、ボルヘスの「フィクシオン」なるものの、もっとも純粋な存在論が、ここで簡潔に語られている。そしてそのような「夢」によって連れ出された彷徨する魂が、「物語」を語りだす。その物語とは、彼の夢、彼を夢見る者の夢、そして夢を見る彼を夢見る者の夢……。はてしなく連続する夢の迷宮のなかで、それは読者にとっての夢となり、ついには人間にとっての集合的な夢となる。すなわち「全員一致」unánime の夢に。

「フィクシオン」とは、一つの魂《アニマ》と化した「夢」そのものである。ひとりの人間を夢見ることによって、彼に血肉を与え、現実へと送りだそうとしたあの魔術師の情熱こそ、小説家のもっとも純粋な情熱そのものなのである。その意味で、「円環の廃墟」とは、私たちが読み、書き、住まう、宇宙というこの無窮空間の別名にほかならない。

Ⅵ　震える磁石《コンパス》の針の先に

円形の次の間に入ると、互いに向かいあった鏡のあいだで、彼の姿は無限に増殖していった。

——ボルヘス「死とコンパス」『伝奇集』

一篇の鮮烈な「探偵小説」仕立ての短篇について論じるのに、そのプロットも謎の由来も結末も読者に示さずに語るというのは、いかにも困難である。だからといって物語の要となる出来事をすべて明かしながら語ることもまたはばかられるかもしれない。とりわけ、謎の断片がパズルのように組み合わさることで隠されていた事実が氷解するようにして示される物語の大団円を先に明かしたりすれば、それはこれから作品に接する者への無粋な裏切り行為として非難さえされてしまうだろう。著者は巧みに最後まで真実のからくりを読者に隠蔽しつづけるが、それによって宙吊りにされ、頭脳の迷宮のなかで翻弄される私たちの理性こそが、探偵小説を味わう快楽にほかならないからである。

しかしいま、ボルヘスの『伝奇集』におけるもっとも精緻な「探偵小説」として書かれた短篇「死とコンパス」La muerte y la brújula について語ろうとしたとき、プロットや結末を明かさないでいるという禁欲や配慮はおそらく不必要だと思われる。なぜならあるところでボルヘス自身も語っているように、この短篇作品の本質は、探偵小説あるいは推理小説としての「筋」にあるのではなく、それが醸し出す全体的な「雰囲気」と、それを演出する奇抜な道具立てのなかにあるからである。そうだとすれば、謎めいた出来事の細部や結末について語ることで「筋」を読者に明らかにしたとしても、それは作品に漂う空気や、夢のなかにいるような奇妙で豪奢な「雰囲気」を裏切ることにはならないであろう。むしろ、語るべき作品における悪夢的・迷宮的な筋立てを、それについて論ずることでさらに変奏し、対位法的に豊かにしてみること。ここで私が試みようとするのも、そのようなかたちでの「探偵小説」をめぐる批評的語り口の可能性である。

ボルヘスが敬愛した探偵小説作家の先人の一人が、イギリスの作家・批評家G・K・チェスタトンであった。『私的図書館』*Biblioteca Personal*（一九八八）のなかでボルヘスは、チェスタトンの「ブラウン神父」ものの最初の作品となった傑作短篇「青い十字架」（一九一一）に触れながら、チェスタトンがカフカになりえた可能性について語っている。「夜」が「眼からなる怪物である」ことを示したチェスタトンは、カフカのそれに匹敵する悪夢世界を、驚異的な精確さとともに描き出すことができた、とボルヘスは言う。そこには、「探偵小説」が成立する基盤である謎解きの論理性を凌駕する、知性の静謐な統率と、幻想のなかに秘められた「真実」なるものの圧倒的な迫力があった。そしてチェスタトン的探偵小説の究極がカフカの作品へと連なるものであるならば、筋書きや結末を語ることは作品観賞にとっていかなる障害にもなりえないであろう。カフカにおいて「掟の門」が誰のためにあったのかを死の直前に知る場面、あるいは「判決」の最後で橋から落下する主人公、あるいは「流刑地にて」で自ら処刑機械に身を委ねて死ぬ処刑執行人の姿……。たとえこれらの、最後に明かされる突然の死について詳細に論じたとしても、カフカの物語の真のエッセンスを暴露したとして非難されることはありえないからである。

たしかに登場人物の唐突な死という出来事は、一見、すべてを明らかにする。だが、死によって自明だと思われたこともまた、より大きな真実のごく一部に過ぎないのである。カフカが暗示しているのはそのことであり、それはチェスタトンにおいても、そしてボルヘスにおいても変わりがない。むしろ、死の事実は謎を解くのではなく、逆に死によって謎も幻影もさらに深まることを、これらの短篇作家たちはよく知っていたのである。そうだとすれば、死は想像力をあらたに拓く夢魔の配剤であり、それは鏡の牢獄と果てしない迷宮を呼びだしつづける、永遠の物語の駆動装置であると言うべきだろう。死は結末ではない。ボルヘスにとっての「探偵小説」とは、まさにこの物語の迷宮をどこまでも信じるための、特権的な仕掛けにほかならなかった。

探偵小説の始祖エドガー・アラン・ポー。そしてその偉大なる後継者チェスタトン。さらに大衆的な場にこのジャンルを引き込み、その後の探偵の原型的なモデルとなる人物「シャーロック・ホームズ」を創造したサー・アーサー・コナン・ドイル。ボルヘスが「死とコンパス」を書いたとき、これらの先人たちの作品が脳裏にあったことは疑いない。ボルヘスが八〇歳になる前年、ベルグラーノ大学で五回にわたって行った講演（『語るボルヘス』岩波文庫所収）のなかで、彼はこうした探偵小説の先人たちに触れながら、自分もまたかつて探偵小説に挑戦したことがあり、その出来栄えについてはあまり自信がないが、そこで探偵小説を象徴的なレヴェルにまで高めたつもりである、と回顧している。ここで想起されている作品こそ「死とコンパス」であり、それはたしかに、探偵小説という文学ジャンルへの深い敬意をもって、その典型的な構造を基本的には踏襲して書かれたものではあった。

たとえば、謎解きに立ち向かういびつな二人組という構図である。これはしばしば、天才的な名探偵と凡庸なパートナーという組み合わせで登場する。いうまでもなく、ポーの『モルグ街の殺人事件』（一八四一）から登場した貴族にして名探偵オーギュスト・デュパンと、その同居人で友人である「私」（語り手）。あるいは、探偵小説史上もっともよく知られた二人組である、ドイル作品におけるシャーロック・ホームズとワトソン博士。チェスタトンであれば、もちろんブラウン神父と大男フランボウであろう。そしてこの二人組の構図は「死とコンパス」でも踏襲される。すなわちエリック・レンロット刑事とトレビラヌス警部であるが、ここでは二者の関係は相補的というよりはむしろ対抗的である。トレビラヌスは、出来事をすべて常識的な心理的解釈と状況証拠からの定型的推論の域にとどめようとする人物であり、一方で、レンロットはそのような凡庸な解釈を排し、取るに足らないように見える小さな痕跡や兆候が指し示す、想像力を刺戟する幻想的な解釈可能性のほうに強く惹かれているからである。レンロットは愛書家であり、この作品ではほとんどヘブライ学研究者として、探偵よりも書物の学究的研究に情熱を注ぐ人物として描かれてもいる。その意味で、「死とコンパス」の主人公レンロットは幾ばくかのデュパンやホームズと、幾ばくかのボルヘスの混合体であるといえるであろう。

ジャンルとして確立された「探偵小説」にはかならず意味あり気な小道具が登場し、それが物語に彩を添える。ホームズであればパイプ、虫眼鏡、変装用具。あるいはブラウン神父の蝙蝠傘。そしてボルヘスの「死とコンパス」では、まさに「磁石《コンパス》」が、物語の現実においても、また象徴的にも、決定的な役割をはたす小道具として採用されている。「磁石」とも「羅針盤」とも訳せるこの「コンパス」brújula なるものの物質的な存在感、その揺れる針、そしてその不思議な象徴性・神秘性。これこそ、じつはこの物語の真の本質を探るための、大きな鍵になるかもしれないのである。この作品の「死とコンパス」という意味あり気なタイトルはそれを暗示する。

探偵小説「死とコンパス」

まず、筋書きや結末の開示を禁欲することなく、この作品のそれだけでも刺戟的なストーリーの展開を追ってみよう。「死とコンパス」のはじまりはこう書き出されている。

頭脳明晰なエリック・レンロットが精魂を注いだ多くの難問のうち、ユーカリの芳香がたちこめるトリスト・ル・ロワの別荘でクライマックスに達した、あの周期的な一連の殺人事件ほど奇妙な――あまりにも奇妙な――ものはなかった。なるほどレンロットは最後の殺人を回避することができなかったが、それを予見していたことは明らかである。また彼は、ヤルモリンスキーを殺した惨めな男の正体を見抜くこともできなかったが、おぞましい一連の犯罪の底にある因果関係や、伊達男シャルラッハの異名を持つレッド・シャルラッハがそこで果たした役割は見抜いていた。このごろつきは、面目にかけてエリック・レンロットを墓場に送ってやると豪語していたが、レンロットがそんな恫喝に怯むことはなかった。レンロットは自分を純粋な理論家、いわばオーギュスト・デュパンのような男だと考えていたが、その実冒険家肌でもあり、ばくち打ち的な一面さえ持ち合わせていた。

（「死とコンパス」『伝奇集』）

ここまでが冒頭で物語全体を総括するいわば「前文」であり、ここから次のような探偵小説仕立てのストーリーが時系列順に叙述されてゆく。複雑で緻密に描かれた細部は省き、あえてプロットだけを粗っぽくなぞってみよう。

平行世界として匿名化・異名化されたブエノスアイレスらしき街。この悪夢のような迷宮都市で、きっかり一ヶ月おきに三つの殺人事件が起こる。最初の殺しは一二月三日、市街の北部に建つプリズム型の塔から河口を一望におさめる「北ホテル《オテル・デュ・ノール》」でのことだった。第三回ユダヤ人律法者会議に参加するためにロシアからやって来たユダヤ人学者ヤルモリンスキー教授が、ホテルの部屋で惨殺死体で発見されたのである。裸の胸にはナイフのひと突きによる深く大きな裂傷が口を開けていた。現場検証を行ったトレビラヌス警部は、向かいの部屋を借り切っていたガリラヤの領主で富豪のサファイアを狙った盗賊が誤って被害者の部屋を襲い、見咎められて殺されたのだろうと推定する。だが敏腕刑事レンロットにとっては、犯罪の真理を求める仮説はもっと面白いものでなくてはならなかった。彼は「宝石泥棒がドジを踏んだなどという空想ではなく、純粋にユダヤ律法的な解釈を試みたい」と言い放つ。というのも、被害者の部屋には何冊ものユダヤ教やカバラに関する古い研究書が残されており、タイプライターにはさまった一枚の紙きれにはこんな謎の文言が綴られていたからである。

「御名の第一の文字は語られた」

レンロットは死人の本をすべて持ち帰り、これらを子細に研究しはじめる。ある本からはユダヤ教のハシディム派の創始者の教えを学び、別の本からは口にしえない神の名である「四文字語《テトラグラマトン》」の魔力を知り、神の秘密の名の永遠性の神秘についての啓示を受ける。事件の背後にはユダヤ的な含意がかならず込められているにちがいないとレンロットは確信する。やがて警察の捜査が進展しないまま一ヶ月が経ち、こんどは街の西部の寂れた場末にあるペンキ屋の前で、第二の殺人事件が発生する。一月三日の夜、同じ手口でナイフで胸を切り裂かれて殺されたのは、馬子から選挙屋に成り上がったあと泥棒にまで落ちぶれたけちな悪党アセベードだった。ここでの手掛かりもまた、ペンキ屋の壁の赤と黄の菱形模様の上にチョークで書かれた「御名の第二の文字は語られた」という文字だった。

　さらに一ヶ月後の二月三日、連続殺人事件を疑うトレビラヌス警部のもとに、ギンズベルグと名のるしゃがれ声の男から電話がかかってくる。相応の金とひきかえに、ヤルモリンスキーとアセベード殺害に関する情報を提供する用意がある、という内容だった。調べてみると、電話はトゥーロン街の下町の、船員相手の野卑な居酒屋兼宿屋からかかってきたものだった。酒場の主人ブラック・フィネガン（アイルランド出身の元犯罪者）によれば、グリフィウスという名の宿泊者が店の電話を使ったあと、酔っぱらった怪しげな道化たちに囲まれて車に乗せられ連れ去られていた。そして去り際、一人の道化がアーケードの柱の石板にこう書いていったという。「御名の最後の文字は語られた」。トレビラヌス警部がグリフィウス＝ギンズベルグの部屋を調べると、床に血が飛び散っていた。近くに『ヘブライ・ギリシャ語学』という本の一七三九年版があった。誘拐殺人の可能性を秘めたこの状況において、幾人かの目撃者たちの証言は矛盾するもので、トレビラヌスは当惑する。

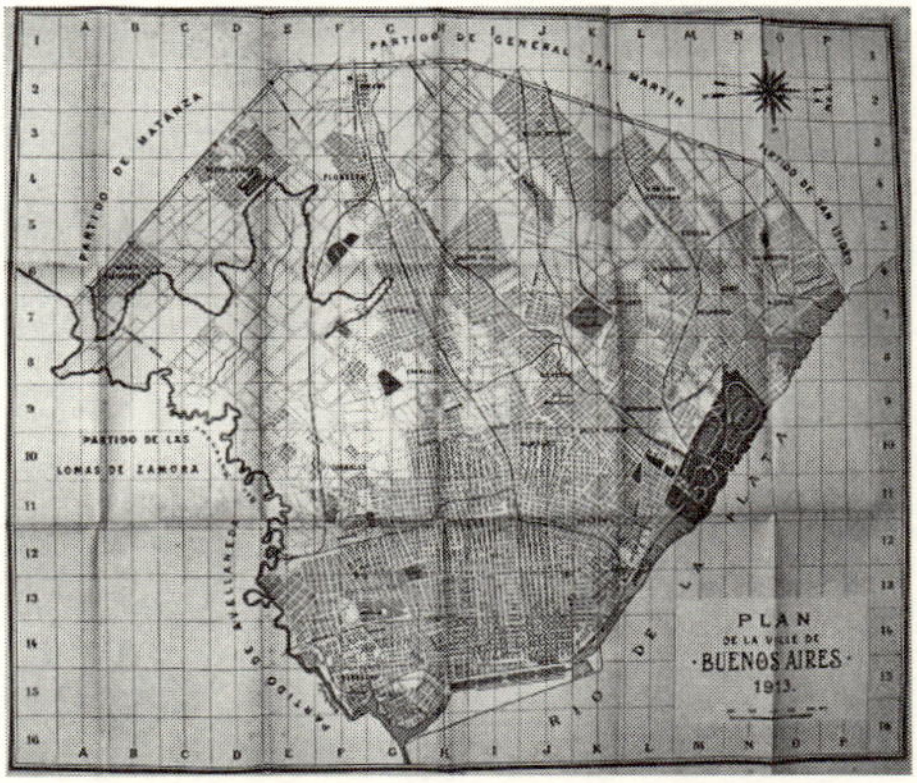

図VI-1　旅行案内書『ベデカー』の巻末にある1913年のブエノスアイレスの地図

　すると三月一日の夜、トレビラヌス警部は一通の分厚い封筒を受け取る。中には「バルフ・スピノザ」と署名された手紙と、『ベデカー』［老舗の旅行案内書］【図VI-1】の巻末から引きちぎられた街の詳細な地図が入っていた。その手紙には、三月三日に第四の犯罪は起こらないだろう、と書かれ、その証拠として、西部のペンキ屋と、トゥーロン街の居酒屋と、「北ホテル《オテル・デュ・ノール》」

はそれだけで神秘の正三角形の完璧な頂点をなしていることが地図上に示されていた。幾何学的な論証に辟易したトレビラヌスは、手紙と地図をレンロットのもとに届けさせる。原文では、レンロットの内心に入り込むようにしてこう書かれている。

レンロットは手紙と地図を検討した。たしかに、三地点はそれぞれ等距離にあった。時間においてもいて見られた対称（一二月三日、一月三日、二月三日）と同様、空間においても対称関係があったのだ。不意に、いまにもこの謎が解けそうな気がした。そして円規《コンパス》と磁石《コンパス》が、とつぜん浮かんだ直感の仕上げをした。彼は会心の笑みを浮かべ、覚えたての「四文字語《テトラグラマトン》」という単語をつぶやき、警部に電話をかけた。

「昨夜は正三角形を届けていただいてありがとう。おかげで謎が解けました。明日の金曜日には、犯人たちを牢にぶち込んでやりますよ。間違いありません。受け合いますよ」

「それじゃ、第四の犯行は計画されていないのだな？」

「いえいえ、まさに第四の犯行を計画しているからこそ、受け合える、と言っているんです」

（同前）

こうして数時間後、レンロットは南部鉄道の列車に乗り込み、街の南郊にある「トリスト・ル・ロワ」という別荘へと向かう。正三角形による事件の完結は見せかけで、謎を解く最後の鍵は、菱形の頂点をかたちづくる第四の地点にあることを直感したからである。「テトラグラマトン」（神の四つの文字）の最後の一つがまだ明かされていないことこそが、その根拠だった。レンロットはコンパスと磁石を用い、地図上でその地点を幾何学的に割り出した。郊外の駅で降り、ユーカリ樹の香りが漂う夕暮れの閑散とした平原を行くと、トリスト・ル・ロワの矩形の望楼が見えた。錆びた鉄柵をなんとか開けて入り、無意味な対称と偏執狂的な反復の寄せ集めのような別荘の庭を何度も横切った。現れる階段も、中庭も、噴水も、回廊も、どれも同じように見え、鏡に覆われた屋敷のなかに迷い込んだようだった。菱形の窓ガラスから、月の光が差し込んでいた。そのとき、ずんぐりした道化のような二人組の男が彼に襲いかかり、武器を取りあげた。この地域一帯を取り仕切るボスで、名の知られた拳銃使いレッド・シャルラッハが彼の前に立ちはだかった。レンロットが「あの神の秘密の御名を探求していたのは君か」と訊ねると、シャルラッハはおもむろに口を開いた。話しはじめた彼の声音に、レンロットは、疲れきってやっと手にした勝利への安堵だけではなく、むしろ宇宙ほどにも大きな憎悪、そしてその憎悪に劣らず大きな悲哀を感じとる。この部分を原文から引用しよう。

「いや」とシャルラッハが言った。「おれはもっとはかない、もっと脆いものを探していたのさ。つまり、エリック・レンロットをね。三年前、トゥーロン街の賭場でおれの弟を捕まえ、監獄に送ったのは、ほかならぬおまえだった。（……）熱にうなされながら、おれは毎夜、双面の神にかけて、また熱と鏡のありとあらゆる神にかけて、弟を監獄にぶち込んだ男の周囲に一つの迷宮をめぐらせてやると誓った。そして作り上げたのだ、しかも見事なやつをね。迷宮の素材は死んだユダヤの律法学者、磁石《コンパス》、一八世紀の一教派、一つのギリシャ語、短剣、そしてペンキ屋の壁の菱形模様だ」

（同前）

こうして最後の場面でシャルラッハの口から真実が明らかにされてゆく。第一の事件は、領主の宝石を狙ったシャルラッハら物盗り一味の仲間割れによって、アセベードが単独で起こした偶然の殺人だった。だが第二の事件以降は、レンロットによるユダヤ神秘主義的な推理を先読みし、それをさらにエスカレートさせるためにシャルラッハが計画した偽装的な犯行である。その偽装では、北ホテルを起点とする四つの方位が次々と事件現場になり、神の名の四つの文字の秘密を示す文言がつねに残された。最初に裏切ったアセベードは、この偽装計画に利用され、菱形の暗示まで残してペンキ屋の前で上手に始末された。トゥーロン街の誘拐事件は、シャルラッハ一味によって行われたまったくの自作自演の芝居である。警察に電話した宿泊人ギンズベルグになりすましていたのはシャルラッハその人だった。そして次に起こるはずの第四の殺人の現場へと、レンロットは自らの謎解きへの執心の帰結としてみごとに誘い出されていった。だが皮肉なことに、神の名の最後の文字が語られ、菱形の四つの頂点が完結する地点こそ、復讐による死がレンロットを待ち受けている場所だった。

レンロットはシャルラッハの視線を避けて、赤、緑、黄の黒ずんだ菱形のなかに分割された木立と空を眺めた。わずかな悪寒を覚え、個人的感情から離れた、ほとんど誰のものでもない悲哀を感じた。もう夜だった。静まりかえった庭から、一羽の鳥の虚しい叫び声が湧き上がってきた。レンロットはいま一度、対称的で周期的に起こったこの殺人のことを思い起こした。（同前）

屋敷に銃声が響いた。迷宮に落ち込んだ事件の謎を解こうとして、逆に仕掛けられた迷宮のなかにおびき出されたレンロット。彼は、磁石《コンパス》の指し示す精確な帰結として、連続殺人事件の謎を自分自身の死によって完結させたのだった。

「コンパス」brújula の迷宮

私は、いま必要以上に長々とこの作品の筋を追ってきたかもしれない。文字通りの「要約」に徹するつもりで。だが、ごくふつうに粗筋を要約するだけで、この作品の背後にある企みと、その不思議な空気感を示唆しうるかもしれない、という期待をどこかに持ちながら……。几帳面な要約は、かえってこの作品が、その表向きの筋書きと結末の驚くべきどんでん返しだけでは終わらないなにかを持っているのではないか、という予感を、あるいは読者に抱かせないであろうか？ そのような予感が芽生えたのであれば、それは私の企みの隠された勝利であり、同時に表向きの敗北でもある。

たしかに私は、読者にトリックを仕掛けようとしたのである。「死とコンパス」は、筋を要約する限り、「探偵小説」のしきたりに忠実な、一種の「倒叙ミステリー」の構造をしっかりと備えている。殺人が次々と起こり、その物証はあらかじめ読者の前に提示され、最後に、真犯人が時間をさかのぼって真実の出来事の意味とその手口を解説する。そこには探偵とその好敵手による智慧の競い合い、という活劇的要素も組み込まれ、最後のスペクタクルともいうべき決闘シーンまで用意されている。ゴシック的な迷宮になぞらえられた別荘「トリスト・ル・ロワ」の舞台装置も完璧であろう。

だが、この「短篇小説《フィクシオン》」の真の眼目はおそらくそうしたところにはない。それは、「よくできた探偵小説」では終わらない要素を、物語の伏線というよりは、ボルヘス自身の創作の秘密を示す伏線として豊かに備えているからである。私はまだ、そのことを一切読者には明らかにしていない。見事な筋書きの一篇の謎解き「探偵小説」を目の前に差し出されて満足していた読者は、これから示されるさまざまな別種の伏線、さまざまな創作的細部の意味に、もういちど驚くことができる。ボルヘスを読むことの、驚きとともにある永遠の悦びがまさにここにある。

そのような隠された細部にたちあがる迷宮世界について、これから語っていこう。まず、何よりもこの作品の重要な道具立てとしてすでに触れた「磁石《コンパス》」をめぐってである。

すでに要約部分で引用したように、手紙と街の地図を受け取ったレンロットは、そこに秘められた謎を直感した。「不意に、いまにもこの謎が解けそうな気がした。そして円規《コンパス》と磁石《コンパス》が、とつぜん浮かんだ直感の仕上げをした」とボルヘスは書いている。これが、物語の表題でもある「磁石《コンパス》」brújulaという語がはじめて登場する場面である。だが、この道具の呼称をめぐっては、事情は少し複雑である。スペイン語では、製図用の道具の一つで、角度を自由に変えながら円弧を描くことのできるいわゆる「円規《コンパス》」は“compás”と呼び、計器として磁石の磁力によって方角を知る「磁石《コンパス》」のことが“brújula”である。この作品で、象徴的な働きをするモノ＝コトバとして焦点をあてられているのはいうまでもなく“brújula”（磁石）のほうであるが、ボルヘスはやや言語的な遊戯感覚をも込めて、地図の中で地点を確認し、その幾何学的な関係を割り出すのに使われる二つの「コンパス」、すなわち英語や日本語ではどちらも「コンパス」compassと呼ばれるこれら二種類の道具を、ここで意図的に併置して登場させているのであろう。私たちの頭脳のなかで、二つのまったく異なるはずの道具の輪郭が曖昧化し、不思議な融合体をかたちづくる錯覚を、仕掛人たるボルヘスが楽しんでいるのかもしれない。

だがいま焦点をあてたいのは、もちろん表題にある「磁石」brújulaとしてのコンパスのほうである。この「コンパス」はもう一度、先に引いたシャルラッハのセリフのなかで、ユダヤ律法学者や菱形などと並んで、レンロットに「迷路」を仕掛ける素材の一つとして語られていた。しかし、この作品における「コンパス」の真の意味は、およそ磁針によって方角を知るあの計器としての“brújula”(ギリシャ語の“puxis”すなわち「箱」に由来)の現実的な機能にとどまるものではない。むしろそれは、ボルヘスの小説作法において「驚異」や「怖れ」や「宿命」を暗示するための言語的媒体としてしばしば利用される、特権的な言葉として受けとめられるべきであろう。そしてそのことを知るためには、ボルヘス語彙としての「コンパス」brújula の、さまざまな作品における出現様態を見ておかねばならない。

そもそも「死とコンパス」という短篇が、「ブエノスアイレスの都市としての悪夢的描写を試みた」(「自著註解」)ものであり、この作品によって「ようやく生まれ故郷のかなり説得的なイメージを喚起しえた」(同前)ものであったとボルヘス自身がのちに述懐していることには注目しておかねばならない。この短篇は、かならずしも巧緻なトリックによって読者を唸らせる技巧的な「探偵小説」として書かれたわけではなかったのである。

この作品が、ボルヘスの故郷ブエノスアイレスを彷彿とさせる架空の迷宮都市の地図を精緻に描き出そうとしたものであると知ると、そもそもボルヘスがブエノスアイレスという都市の神話的原型のイメージを、若い時代に詩として書いていたことがすぐに思いあたる。それが初期の詩集『サン・マルティンの手帖』(一九二九)の冒頭におかれた重要な詩「ブエノスアイレス建設の神話」Fundación mítica de Buenos Aires である。それは、このインディオの荒れ果てた大地に入植者によって建設された、愛すべき故郷である移民都市ブエノスアイレスの歴史を叙情的に回想しながら、過去の栄華と現在の悲嘆とを、記憶の豊穣と忘却の儚さとを、みごとに描き出したテクストだった。そしてこの若い時代の詩に、すでに「羅針盤《コンパス》」brújulaという語がきわめて象徴的な意味を帯びて登場していたのである。一部を省略しつつ引用してみよう。

その昔、この泥と眠りの河を幾隻もの船が行き交い
わが祖国を建設したというのだろうか。
褐色の流れを埋めたホテイソウを分けて
色とりどりの小舟が揺れながら進んだのだろうか。

往時の河は空に水源があるかのように
青く澄んで　飢えに苦しむファン・ディアス［ラプラタ河を発見したスペインの征服者］と
食物にありついた人食いインディオの居場所を教える
赤く瞬く小さな星が瞬いていたのだろうか。

ひとつ確かなことは　数知れない人間が
月の五倍もあるという大海原を越えてきたことだ
いまだ人魚や海竜が棲み
羅針盤《コンパス》を狂わす磁石があるというあの海を。

彼らが頼りない小屋を岸辺に建て　故郷を偲ぶ夢を結んだあの空閑地

リアチュエロの川べりがその場所だといわれているが
これはラ・ボカで生まれた作り話。
ほんとうはぼくの生まれた街区パレルモでのこと。

（……）

最初の手回しオルガンが　傷んだ胴体とハバネラと
イタリア人楽師を伴い　水平線の向こうからやってきた。
イリゴジェン［二〇世紀初頭のアルゼンチン大統領］はこの空地の繁栄を確約し
一台のピアノがサボリード［作曲家・ピアニスト］のタンゴをそこに送り込んだ。

タバコ屋がこの荒地を薔薇のように香りで充たした。
黄昏は遠い日々の記憶に根を張り
人びとは幻影の過去を分かち合った。
足りないのは　これから歩むべき小道だけだった。

これがぼくが書いたブエノスアイレス誕生の神話。
この街は水や空気のように永遠のものだと、ぼくは思う。

（「ブエノスアイレス建設の神話」『サン・マルティンの手帖』）

大西洋という海をはるかに越えてやってきたものたち。彼らには夢も希望も野心もあったが、それらが新天地でかならずしも現実によって報われたわけではなかった。荒地の開拓は未来の建設であるとともに、失われた記憶となって沈殿する過去への悔恨と、叶えられなかった夢の残滓をも同時に分泌した。

「羅針盤《コンパス》を狂わす磁石があるというあの海を」というこの詩の一行を、移民の歴史を描き出す年表のちょうど中間点のようにして折り畳んでみたとき、一つの発見がある。すなわちボルヘスにとって、ブエノスアイレス（新大陸）へのヨーロッパ人の到達とは、海を渡る移民や棄民を乗せた船の狂わされたコンパスによって生まれた、彷徨いと、偶然と、事故ともいうべき道程の帰結ではなかったか、という直感である。だがまさにその気まぐれな宿命を導いた「羅針盤《コンパス》＝磁石」こそ、ボルヘスの家系の歴史と、この街に生きたすべての人びとの過去を意味づける、かけがえのない指針にほかならなかった。コンパスはつねに人間の宿運とそれによる生の彷徨を、磁力を帯びた震えるその針によって指し示しつづけてきたのである。ボルヘスの、そして究極的には、私たちすべての生の理《ことわり》の秘密を。

「ブエノスアイレス建設の神話」を書いた三〇歳のボルヘスは、すでにそのことを深く理解していた。

それから半世紀がたち、ボルヘスが八〇歳を過ぎて刊行した詩集『記号』*La cifra*（一九八一）に収められた詩「ある島へ」A cierta isla。この作品は「繊細なイギリスよ、どうやってきみを呼び出したらいいのか？」ではじまる、自らの遠い起源の島を憧憬するボルヘスの、ノスタルジックで美しい詩篇である。そしてそのなかにも、人間の宿命を刻みつづける「コンパス」が登場するこんな一節がある。

きみの周囲にある海については語るまい
なぜならきみは唯一無二の「海」であるから。
親しき島よ
きみが世界に押しつけた「帝国」についても語るまい
別の者にとってそれは挑むべき相手なのだが。
低い声で、きみを示すいくつかの表徴を列挙しよう——
(……)
紅茶と菓子の芳香
庭園の迷宮
日時計
東洋と氷河の孤独に憧れる男
(……)
永遠につづく雨の音
頰に降りかかる雪
サミュエル・ジョンソンの彫像の影
もう誰にも聴こえない
かすかに鳴り響くリュートの谺
ミルトンの盲目の視線を映した

鏡の透明なガラス
休みなくはたらく磁石《コンパス》の不眠
ジョン・フォックスの『殉教者列伝』
（……）
秘密の島よ、ここにいるのは私たち二人きりだ
誰にも私たちの声は聴こえない
二つの夜明けのあいだで
愛しきものを黙って分け合おう。

（「ある島へ」『記号』）

ヨーロッパの「島」からやってきた父祖たちの変転の歴史は、狂わされた磁石《コンパス》の羅針の思いがけない動きによっていくつもの偶然を孕みつづけた（「ブエノスアイレス建設の神話」）。同様にまた、起源の「島」そのものに内在していた徴《しるし》のなかにも、すでに、不眠不休ではたらく磁石《コンパス》の勤勉と疲労とが刻印されていた（「ある島へ」）。この二つの詩の対照は、海をへだてた二つの土地が、どちらも、小さな箱のなかで震える針を宿した計器の脆い生命によって支えられていることを暗示してはいないだろうか。

ボルヘスの詩集『記号』に収められた別の詩「神道」Shinto にも、ボルヘスのかけがえなき記憶の一部として挙げられたいくつものイメージのなかに、「磁石《コンパス》の永遠の憧れ、失ったと思った書物、六歩格の叙事詩の鼓動《パルス》……」という美しい一節があったことを思い出しておこう。

もういちど言おう。コンパスは磁針によって方向を知る計器ではない。ボルヘスのなかで、「コン

パス」とは休みなくはたらきつづける創造の駆動装置である。破壊と忘却すらもつかさどる、歴史と物語のすべての動きの根源にある駆動装置。それは磁極の北を指すために、そして精神の望まれた方位を指すために、揺れ、迷い、震えつづける、繊細な生命体にほかならない。「死とコンパス」という表題は、そのような理解のなかで、はじめて深い含意を私たちに示唆するのである。

殺人事件の舞台

すでに示唆したように、ブエノスアイレスをめぐる記憶に触発された建築的・迷宮的な空間そのものが「死とコンパス」という作品の隠れた「主人公」であったこと。この、読者も知りえなかったミステリーの種明かしは、じつはボルヘス自身によってなされている。「死とコンパス」に現れるすべての地名の背後には、ブエノスアイレスの懐かしい通りや地区の名が隠されており、それはいわばボルヘスにとっての「ブエノスアイレス」の鏡像・分身像を示唆することによって、記憶と郷愁とを映し出す普遍的な「神話性」を獲得しているのだった。

ボルヘスの「自著註解」(一九七〇)において示されているこの種明かしは、以下のようなものである。

最初の殺人事件の舞台となる「北ホテル《オテル・デュ・ノール》」。これは、ブエノスアイレス市街の北東部にある繁華街レティロ地区にあるサン・マルティン広場に面した優雅なフランス古典主義風の建築物であるプラサ・オテル【図Ⅵ-2】がモデルである。ただし小説におけるその建物の形態の描写は、隣接するアールデコ調の高層建築であるカバナー・ビルを模している。カバナー・ビル【図Ⅵ-3】は、ボルヘスがこの作品を書く六年前の一九三六年に竣工したもので、地上三三階建て、高さ一二〇メートルのランドマーク的建築物で、当時はラテンアメリカでもっとも高層のビルとして注目を浴びたものだった。ニューヨークの摩天楼のデザイン美学が南米に伝播していたこの時期、カバナー・ビルは近代都市が帯びることになった新しいスカイラインを象徴するものとして、ボルヘスの関心を惹いたにちがいない。そしてこのホテルが望む「河口」とあるのはもちろん「獅子の色をした大河」（ルゴーネス）であるラプラタ川の河口のことであり、この川はブエノスアイレスの母胎そのものであった。第三の事件が起こるトゥーロン街は、騒がしい遊歩道だった旧パセオ・デ・フリオ（現在のレアンドロ・アレン界隈）の分身である。河口の港の建設によって、一九世紀末のこの界隈には船員とそれに寄生するさまざまな職種の人びとが屯していたようだ。誘拐殺人に見せかけた芝居を打つ舞台としては、も

図Ⅵ–2　プラサ・オテル。1900 年代初頭の撮影か

図Ⅵ–3　カバナー・ビルの竣工（1936 年）から間もない頃の絵葉書

ってこいの街区だったといえるだろう。そして、なによりもこの小説の悪夢的で迷宮的な雰囲気を凝縮して示す「トリスト・ル・ロワ」。この別荘こそ、アドロゲ地区にあったホテル「オテル・ラス・デリシアス」の残像である。この建築空間の言語的再創造によって「死とコンパス」は唯一無二の視覚的な実体を読者に鮮烈に示すことになった。

アドロゲはボルヘスにとって特別の場所だった。ボルヘスは生涯、アドロゲの記憶のなかに生きたといってもいい。七八歳の年には、妹のノラ・ボルヘスの挿画入りで、懐かしい記憶が充満する詩集『アドロゲ』*Adrogué*（一九七七）も発表している。ブエノスアイレスの南二〇キロほどのところにあるアドロゲは、一八七〇年代に、ブエノスアイレスの資産家エステバン・アドロゲによって郊外の避暑地として開発された緑あふれる地区であった。ここは幼少時代のボルヘスが一家で夏を過ごしに訪れる場所となった。一二月から三月までのブエノスアイレスはひどく暑くなるため、一家は街の南郊の涼しい場所で過ごしたのである。はじめは、ここに赤い煉瓦屋根の家を一軒借りていた。街区を緑で潤わせているユーカリ樹の香りが漂う庭に、平屋建ての広い家が建ち、さらに風車小屋と牧舎があり、栗色の長い髪をした羊飼いがいたという。

しばらくすると一家は、アドロゲの「オテル・ラス・デリシアス」【図VI-4・5】に滞在するようになった。エステバン・アドロゲがヨーロッパの建築美学の粋を集めて造ったオテル・ラス・デリシアスは新古典主義様式の壮麗な建築物で、正面には円柱で支えられた破風つきの玄関があり、壁龕《へきがん》は半裸のニンフの彫像で飾られていた。この迷宮のような豪壮な建築空間のなかで繊細な感受性の芽生えを経験したボルヘスは、「ユーカリの香りさえあればアドロゲの失われた世界を取り戻すことができる」とも書いている。オテル・ラス・デリシアスは一九五〇年に取り壊された。それがもはや存在しない、記憶のなかだけの迷宮的宇宙を形成しているからこそ、八〇歳になったボルヘスによるアドロゲの回想は特別の情趣を発散する。

ユーカリの芳香が漂ってくると、世界のどこにいても、アドロゲで過ごした時代に連れ戻されるような気がします。アドロゲはまさにそのようなところでした。鉄柵のある別荘が建ち並び、木々が茂る通りは迷路のように入り組み、父も母も静かな夜にそんな迷宮のような街路を散歩するのを好んでいました。家屋敷を眺めながら、そのなかでどんな人びとの生活が営まれているのかを想像していました。ある意味で、私はいつもアドロゲにいたし、いまもそこにいます。人間

図Ⅵ-4　往時のオテル・ラス・デリシアスの庭園噴水

図Ⅵ-5　19 世紀末のオテル・ラス・デリシアスのカフェテラス

は場所をたえず運びつづけ、場所はつねに自分の内部にあるのです。いまもユーカリの木々のあいだを抜け、迷宮のなかを歩き回り、そこで道に迷うことができます。楽園で迷子になることもできるとすれば、そこは楽園なのでしょう。悪趣味に思えた彫像が不意に立派なものになり、廃墟に似せた美しい廃墟が現れ、テニスコートが目の前に広がる。そしてついに、オテル・ラス・デリシアスが現れます。その広大なサロンには無数の鏡が飾られ、私は自分の像をあの無限の鏡のなかに見出すのです。私が書いたたくさんの議論、たくさんの情景、たくさんの詩は、アドロゲで生まれ、アドロゲにいまも属するものなのです。私が庭について、木々について話すとき、私はアドロゲにいます。私はいつもこの街にいてものを考えてきたので、その街に名前を付ける必要などないのです。

（「ボルヘスとアドロゲ」todoadrogue.com より）

アドロゲというボルヘス世界の母胎空間が、まさに「死とコンパス」の情景描写のなかで縦横に変奏されながら展開していることがわかるであろう。そこで描かれた、オテル・ラス・デリシアスの記憶にもとづくトリスト・ル・ロワの別荘の様子はたとえばこんなふうである。

幾重にも層をなしている落葉を踏みしめながら、レンロットはそびえ立つユーカリのあいだを歩いていった。近くで見ると、別荘は無意味な対称と偏執狂的な反復の寄せ集めだった。たとえば、陰気な壁龕《へきがん》に置かれた氷のようなディアナ像は、もう一つの壁龕のディアナ像と対をなしており、あるバルコニーは別のバルコニーの反映のようだった。家の外側に設けられた、平行する二重の階段は各階の踊り場で交差するようになっていた。二つの顔を持ったヘルメス像が怪物のような影を投げかけていた。

（「死とコンパス」『伝奇集』）

ここでは、屋敷の建築的・装飾的細部が、「無意味な」inútil、「偏執狂的な」maniática、「陰気な」lóbrego、「氷のような」glacial、「怪物的な」monstruosaといった、いかにもボルヘス的な形容詞でたたみかけるようにして修飾されている。この情景は、パッラーディオ建築のロトンダ（円形建築）や、イタリアのボマルツォにある怪物彫刻で溢れるマニエリズム＝バロック庭園を思い起こさせ、さらに階段の描写などは、ゴシック建築や古代廃墟の想像力から生まれたあのピラネージの版画「牢獄」のなかに描かれた奇妙に交差する階段をさえ思わせる（第Ⅳ章の図Ⅳ-15参照）。ボルヘスの幻想建築学における時間と場所を融合した奇想建築物の枠が、ここに示されているともいえるだろう。

「死とコンパス」におけるこの部分のボルヘスの描写は、さらに迷宮性をたかめてゆく。レンロットは、無意味な対称と偏執狂的な反復の構造のなかに、ある規則性を認めるようになる。トリスト・ル・ロワの屋敷を徘徊するうちに、レンロットが、これを設計した「酔狂な建築家の好みを見抜く」ことができるようになった、とボルヘスは書いている。いや、その酔狂な建築家こそ、貴方ボルヘスのことでしょう、と読者は突っ込みたくなるだろう。ボルヘスの想像力によって設計された、究極の迷宮の描写が以下の部分である。それは、「バベルの図書館」で描かれた無窮空間の別ヴァージョンであるともいえる。こうした目眩く迷宮の言語的創造こそ、『伝奇集』という作品集全体を貫く、隠された導きの糸なのである。

暗がりに浮かぶ明かりに導かれて、彼は窓に近づいた。円く黄色い月が、静寂に包まれた庭に二つの枯れた噴水を照らし出していた。レンロットは屋敷の中を調べてまわった。食料貯蔵庫や回廊を通り、類似したいくつもの中庭に出、何度も同一の中庭に出た。埃にまみれた階段を上り、円形の次の間に入ると、互いに向かいあった鏡のあいだで、彼の姿は無限に増殖していった。荒れ果てた庭を、さまざまの高さや角度から見せる窓を開けたり、覗いたりしているうちに、彼はうんざりしてしまった。また室内の黄色っぽいカバーにおおわれた家具や、薄紗《タルラタン》につつまれたガラスのシャンデリアにも辟易した。たった一本の花を挿した青磁の花瓶の置かれた寝室が、彼の気を惹いた。わずかに触れただけで、その古い花弁は砕けて落ちた。三階、そして最上階へと、屋敷はかぎりなく延びていくように思われた。しかし「この屋敷はそれほど大きくはないのだ」と彼は考えた。「薄闇、対称的構造、鏡、長い歳月、ぼくの無知、孤独といったものがこれを大きく見せているだけだ」。（同前）

このみごとな一節から、私たちは一つの真理を知ることになる。すなわち、人間の想像力が生み出しつづけてきた「迷宮」なるものは、単に対称性や相似性、反復や反映といった建築的な仕掛けや複雑性からなるものではなく、恐怖や闇や寂しさや宙吊りになった時間やおのれの無知などといった、人間の側の心理的・実存的な要素によっても生み出されるものであったことを、私たちは深く納得するのである。

さらにその迷宮は、もう一つの重要なテーマを呼び出す。「互いに向かいあった鏡のあいだで、彼の姿は無限に増殖していった」。こうした描写は、ボルヘス特有の、「存在の無限増殖」という主題がここでも繰り返されていることを語っているだろう。そしてここではさらに、レンロットが、シャルラッハのいる場所に近づくにしたがって、その個人的存在としての輪郭を揺るがせはじめる兆候が暗示されているともいえる。たしかに、レンロットの推理の道筋をシャルラッハはあらかじめ完璧に読んでいた。逆に言えば、シャルラッハの誘導の意図を、レンロットが正確になぞることができたからこそ、彼はいまトリスト・ル・ロワにいるのである。互いに互いを必要とする二人。私たちの直観のなかに、レンロットとシャルラッハは分身＝鏡像の関係にあるのではないか、という直感が不意に兆してくる。

じっさい、ボルヘス自身がそのことを示唆している。「自著註解」のなかで彼はこう書く。

> 拳銃使いと刑事の精神は同じ方向に働いているから、彼らは同一人物かもしれない。レンロットは、自分自身で解明した死の罠に落ち込んでいくような、信じがたい愚か者ではなく、象徴的な意味で自らによって自らの命を絶つべき存在なのである。二人の相似性は彼らの名前にも暗示されている。レンロット Lönnrot の最後のシラブル「rot」はドイツ語で「赤」を意味し、レッド・シャルラッハ Red Scharlach の「Scharlach」もまたドイツ語で「深紅色」を意味する。
>
> （「自著註解」一九七〇）

たしかに二人は「赤」という象徴的な色においても結ばれていた。そしてもう一つ、レンロットとシャルラッハが推論のなかでともに依拠し、没頭することになったユダヤ教の神秘哲学《カバラ》という宇宙論においても。これについての詳説は控えねばならないが、ただ、この秘教的な数学と幾何学の合体したユダヤ神秘学は、ボルヘス自身の奇想が羽ばたくための、もっとも重要な道具立てにほかならなかった。そしてそれは、海を渡ってきた祖先を持つボルヘス自身が感知する体内の「羅針盤《コンパス》」が、「ユダヤ」という符牒をつねに指し示していることによる。ボルヘスの家系の神話のなかで揺らぐ親しい「ユダヤ人」の影。たしかに、入植者であるボルヘスの先祖の名「ボルヘス」（ボルジェス）も「アゼヴェード」も、ともにポルトガルの姓であり、これらの名はどちらも古くからユダヤ人と結びつけられてきたものだったからである（ジェイムズ・ウッダル『ボルヘス伝』参照）。

「死とコンパス」はこうして、ボルヘスの分身たるレンロットとシャルラッハの影をゴシック的迷宮空間のなかに映し出しながら、はるかに遠い父祖の地の家系的迷宮への作家の憧憬をも密かに分泌しているのである。

迷宮の都市ブエノスアイレス

ボルヘス的迷宮の起源、それはブエノスアイレスという都市そのものであり、とりわけアドロゲという幼年期の記憶のなかの迷宮空間にあった。だから「死とコンパス」は、迷宮に住み、迷宮で書かれた物語なのだ、と比喩的にいうこともできるだろう。たしかに「探偵小説」には「迷宮入り」という言葉もあって、殺人事件の謎が解けなければそれは「迷宮」に迷いこんだ探偵に喩えられる。けれども、「死とコンパス」における事件は、読者にとっては迷宮入りになることなく、最後のクライマックスでみごとな「結末」を見せていた。

そうだとすれば、結末において謎が氷解する「解決」の場に導かれたはずの舞台が、終わりの見えない「迷宮」として描かれているという逆説は、不思議な余韻をこの小説に残す。西欧文化史において、「迷宮」Labyrinth の古典的なモデルはクノッソス宮殿の、ミノタウロスが閉じこめられたというクレタ型迷宮である。これは分岐がない秩序だった一本道の迷宮であり、そこには、道は交差しない、一本道で選択肢はない、くりかえし中心のそばを通らねばならない、脱するには来た道をふたたび通らねばならない、といった共通の原理がはたらいている。そう考えたとき、「死とコンパス」の末尾のシーンの、謎めいた鮮烈なやり取りがすぐに思い浮かぶ。

そこでレンロットは、ピストルを構えたシャルラッハの視線を避けるように、赤、緑、黄色の黒ずんだ菱形のなかに分割された窓から木立と空を眺めている。彼はかすかな悪寒を覚え、自分自身の感情ではない、誰のものともいえないような悲哀をそのとき感じる。静まりかえった夜の庭から、一羽の鳥の虚しい叫び声が湧き上がってくる。レンロットはふたたび、一連の殺人の周期性と対称性について思いをめぐらせ、何かを悟ったかのように、対峙するシャルラッハにこう告げるのである。

「きみの迷路には余分な線が三本もある」しばらくして彼は口を開いた。「ぼくの知っているギリシャの迷路は、たった一本の線でできているんだ。そして多くの哲学者がこの線の中でさえ迷ったんだから、一介の刑事が君の迷路に迷いこむのはあたりまえさ」(「死とコンパス」『伝奇集』)

だからこんど自分を殺すときには、もっとスマートで純粋な迷路で待ち伏せてくれ、と言うレンロットにたいし、シャルラッハは、ピストルの引き金を引く直前にこう答えるのである。

「次にあんたを殺すときは、たった一本の線でできた、目には見えない無限の迷路を約束するよ」(同前)

この最後のことばを、私はレンロットへの言葉というよりは、作者ボルヘスによる読者への言葉として受けとめてみる。もっとよくできた、究極の迷宮を描く小説の約束。ボルヘスは『伝奇集』のなかでつねにその可能性を追い求めたのかもしれない。だとすれば、「死とコンパス」という小説は、いまだ不完全な迷宮の提示にほかならない。さらなる精緻な迷宮へ、不可能な無窮の迷宮へ、純粋な迷宮へ……。ボルヘスの体内の羅針盤《コンパス》が、彼の創作の手をそのように導こうとしている。

私たちの謎解きの最後に、ボルヘスの詩「羅針《コンパス》」Una brújula（一九五八）を引いておこう。この詩は、友人の作家エステル・センボライン・デ・トーレスに献じられているが、『伝奇集』という書物もまた彼女に捧げられていたのである。エステル・センボライン・デ・トーレスは、やはり親友の作家ビクトリア・オカンポとともに、ボルヘスを国会図書館の館長にしようと画策した特別の友人でもあった。

その名も「羅針《コンパス》」という、やや観念的な趣を持った短詩の全文はこうである。

万物は言語に発することば
それを用いて何者かあるいは何かが
昼も夜も世界史という無限の喧騒を
書き綴っている。

その奔流にカルタゴやローマ、私や君や彼が巻きこまれ

理解しえぬ自分の人生が運ばれてゆく
謎と偶然と暗号に満ちた苦悩の人生が
そしてバベルの不協和の一切が。

名前の背後には名づけえぬものが潜んでいる
私は今日その影が、この青くきらめく
軽い羅針《コンパス》に引き寄せられるのを感じた。

羅針《コンパス》は海のはるか彼方を切望していた
夢に見られた時計のように
眠りながらかすかに身を震わせる小鳥のように。

（「羅針《コンパス》」『他者、自己』一九六四、所収）

やはりボルヘスにとって「コンパス」は地理的な方角を測る計器ではなかった。彼の究極の自己存在を規定する「言語」というものが孕む矛盾や苦悩のすべては羅針《コンパス》に引き寄せられ、その針の震える動きのなかに、ボルヘスの夢も憧憬も示されているのだった。眠りながら身を震わせる小鳥のような羅針《コンパス》。正しい方位を指そうと身震いする、その針の永遠の希求。この、震える鳥という鮮やかな比喩は、『伝奇集』に収録されている、この世の現実の論理からはまったく独立した規則性からなる一つの平行世界の、現実への侵入を描いた鮮烈な短篇「トレーン、ウクバール、オルビス・テルティウス」のなかにも、こんな示唆的な文脈において登場していた。

ファウチニ・ルチンゲ公妃はポワティエから送られた銀製品を受け取った。外国のスタンプが押された大きな箱の底から、数々の動かない逸品が現れた。荒々しい動物の紋章がついたユトレヒトとパリからの銀器や給茶器《サモワール》。そしてそれらのなかに——眠っている鳥のかすかな身震いのように——神秘的にゆれる磁石《コンパス》があった。公妃はそれに見覚えがなかった。青い針は北極を指そうとあがいていた。その金属のケースは凹面をしており、盤の文字にはトレーンのアルファベットの一つが描かれていた。幻想世界の現実世界への最初の侵入は、このように起こったのである。

（「トレーン、ウクバール、オルビス・テルティウス」『伝奇集』）

眠っている鳥の身震いのようにかすかに針をゆらすコンパス。それは、ここでは、この世にはない超越的な道理を指し示す神秘的な異物として描き出されている。そういえば、夢のなかに封鎖された迷宮世界を扱った「円環の廃墟」の冒頭部分でも、廃墟の傍らで眠っていた魔術師は「鳥の悲嘆に暮れた叫び声」grito inconsolable de un pájaro によって眠りを覚まされたのだった。不気味な鳥の身震い、そして嘆き。「死とコンパス」のあの迷宮的な館の菱形の窓からも、庭で鳴く一羽の鳥の虚しい叫び声が響いていたことを、あらためて思い出しておこう。

震える羅針、その磁石の青い針の夢見こそ、作家を導く精神の方位磁石だった。眠りながら震える鳥、あるいはユーカリの木立で虚ろに鳴きながら震える鳥の身体のように、そのコンパスは物語をささやき声で語ることをやめなかった。それは迷宮のなかで微動を繰り返す、ボルヘスという宇宙の造話装置そのものであった。

Ⅶ 永遠に分岐しつづける小径

ブエノスアイレス(……)
それはすでに盲いていた父が、昔と同じ星が見える
と言って涙を流した、キンターナの歩道である。
——ボルヘス「ブエノスアイレス」『幽冥礼賛』

私はまだ、その薔薇色の街を心ゆくまで歩き回ったことがない。あのマホガニーの艶やかさを帯びた夕暮れの街。夜になれば繁華街が明るく輝きだす街。だがそうなる前に、孤独と静寂を求めて人びとが見知らぬ路地をさまよう街。白銀にけぶる黄昏の街。ノウゼンカズラとアカシアの陰が人びとに赦しを与える街。街外れから見える地平線の先に茜色の透明なパンパの空が開ける街。あてどなき迷宮の街。すべてのものの鏡像でできた街。それは生と死のあわいの抱擁と涙が証される場所。淡い灯のなかにひそむ永遠の詩。私たちの唯一の音楽……。

『伝奇集』の一冊、さらにボルヘス二〇代のときの詩集『ブエノスアイレスの熱狂』(一九二三)か『正面の月』(一九二五)を脇に抱えて街を徘徊すれば、こんな夢想がきっとやって来る。黄昏のオレンジ色のヴェールに包み込まれた豪壮なコロニアル様式の建造物は、どこか悔恨や悲嘆を抱えて無音の暗がりに沈んでいる。波止場に行けば、夕暮れの満潮を告げる少し急いた波音が、大洋を渡ってき

た父祖たちの夢破れた溜息のように鳴っている。あたりにはミロンガの苦い旋律の記憶が発酵し、女の透明な声がタンゴの乱舞のさなかに湧き出す清水のようにさざめいている。

二〇世紀初頭のブエノスアイレスの植民都市的栄華と退廃とをひっそりと生きた者にとって、「中庭《パティオ》」の存在は街の写し絵だったかもしれない。若きボルヘスのような、父親の書庫に閉じこもって冒険小説を耽読するような引き籠もりぎみの少年にとっては、とくにそうだった。中庭は外界への窓であり、繁華街の殺伐から逃れてなお、街そのものの発散する空気の生々しい呼吸に触れていられる聖域だった。ブエノスアイレス Buenos Aires とは直訳すれば「良い空気」のことだが、その語源は船乗りたちが港に入るときの「順風」に由来する。だからこの「空気《アイレ》」とは街のすべての香気を含んだ良き「風《アイレ》」であり、朗唱すべき歓喜の「アリア《アイレ》」の歌のことでもあり、その風と歌が吹き込んでくる街中の楽園こそが「中庭」だった。だがなぜか、それが外界へと開かれていればいるほど、すべてのものを封じ込めた哀しい永遠の残照が、つねにこの空間に兆すのだった。

ボルヘス二四歳のときの第一詩集『ブエノスアイレスの熱狂』に、まさに「中庭《パティオ》」と題された印象的な短詩がある。

夕暮れになると
中庭《パティオ》の二つか三つの色が疲れを見せはじめた。
今夜、月の明るい円はパティオに君臨しない。
パティオ
それは空からの水路によって誘導されたもの。

パティオ
それは空がそこから家々へとこぼれてゆく斜面。
静寂
星々の交差点で永遠が待っている。
屋根のある玄関、蔦の茂るあずまや、雨水桶
そんなほの暗い親しさのなかで生きることは素晴らしい。

（「中庭」『ブエノスアイレスの熱狂』一九二三）

ボルヘスの生涯とは、たえずこの中庭へと立ち戻ってくる永遠の反復だったのかもしれない、という直観が訪れる。『伝奇集』につづく傑作短篇集『アレフ』（一九四九）のなかの鮮烈な一篇「アステリオーンの家」は不思議な描写から始まる。語り手の「私」（＝アステリオーン、じつは迷宮に閉じこめられた牛頭人身のミノタウロスである）は家からほとんど出ることのない人嫌いらしいが、その家のドアの数は「無限」にあり、夜も昼も人間だけでなく動物にたいしても開け放たれているという。開放された囚われ人の家、という矛盾撞着《オクシモロン》的なトポス。そこでアステリオーンは気晴らしに興じる。

図Ⅶ-1　Galaxia Gutenberg版の『アレフ』（Barcelona, 1999）所収のJosé Hernándezによる「アステリオーンの家」の挿画

敵に突っかかっていく雄ヤギのように目が回って床に倒れるまで石の回廊を走り回ることもあれば、雨水桶の陰、あるいは廊下の曲がり角に身を潜めて、人に追われているふりをすることもある。(……)けれども、いろいろな遊びのなかでも、もう一人のアステリオーンごっこがとくに気に入っている。もう一人のアステリオーンが私に会いにきて、家を案内してやるのだ。深々とお辞儀をして、こう言う。今、前に通った十字路に戻ってきた。あるいは、今いるのは別の中庭だ。あるいは、きみは雨樋《あまどい》が気に入るだろう。あるいは、これから見せるのは砂の詰まった貯水槽だ。あるいは、地下室がいくつにも枝分かれしているところをみせてあげよう。ときどき、私が言い間違えて、二人で大笑いすることがある。

(「アステリオーンの家」『アレフ』一九四九)

ここでも、ボルヘスの想像力はあの懐かしい雨水桶のある「中庭《パティオ》」へと回帰している。しかもそこでは、ボルヘス(＝アステリオーン)自身だけでなくもう一人のボルヘス(＝もう一人のアステリオーン)さえもともに無邪気に遊んでいるのである。すでに中庭においては、人格は互いに鏡像関係にある。そして空間も、無限の「枝分かれ」bifurcarción を見せていると書かれるが、この自ら「枝分かれ」「分岐する」bifurcarse という動詞こそ、有限から無限を生成させてゆくボルヘスの小説創造にとっての鍵概念となるものである。「アステリオーンの家」には、こんな一節もあった。

この家のすべての部分は何度も反復されていて、どの場所も他の場所である。ここには決して一つの雨水桶、一つの中庭、一つの水飼い場、一つの秣棚《まぐさ》というものはない。秣棚も、水飼い場も、中庭も、雨水桶もその数は一四（無限）である。この家は世界と同じ大きさである、というより、それは世界である。

（同前）

先に引いた最初期の詩「中庭《パティオ》」で描かれた「雨水桶」aljibeも「中庭」patioも、この「反復と増殖の庭」にふたたび登場している。それらの特権的な事物を媒介に、ここでは世界が迷宮の似姿として捉えられているのである。そしてこの「アステリオーンの家」の与える鮮烈な印象こそ、ボルヘスの『伝奇集』を貫く原理と方法論のみごとな再現なのである。

「八岐の庭」を彷徨《さまよ》う

『伝奇集』の底流にひそむ哲学・神秘学を凝縮し、ボルヘスの小説家としての特異な方法論をもっとも結晶化させる形で示した短篇を、本書の最後の章で取り上げておこう。それが「八岐の園」El jardín de senderos que se bifurcanである。スペイン語の原題を逐語的に訳せば「枝分かれした小径をもつ庭園」。だがこのタイトル自体が、『伝奇集』の前身をなす（その作品の半分を含む）ボルヘスの第一短篇集の表題でもあったことをすでに知る私たちは、短篇「八岐の園」が、一つの特異な庭園の話をただ書いたものではなく、それこそがボルヘスが創造する迷宮的な小説世界そのものの隠喩でもあることを直観できるであろう。簡潔に言えば、ボルヘスの「小説《フィクシオン》」の一つ一つは、彼の思惟の庭園（＝物語宇宙）のなかで無限に分岐してゆく物語の小径にほかならないのである。そして私たち読者とは、畢竟、そのつどその迷宮の小径のどこか一つをあてどなく歩む彷徨《さまよ》い人にすぎない。だがそれはなんという悦ばしい彷徨であろうか。

「八岐の園」という短篇作品のあらましは以下のようなものである。

追手からの逃走のなかで明らかにされてゆく謎、という探偵小説的な語り口の物語には、二人の主要な登場人物がいる。一人は、第一次世界大戦の際にドイツ国家のスパイとして活動した中国人兪存《ユソン》であり、彼は、『紅楼夢』以上に登場人物の多い複雑な小説を書き、すべての人間が迷う迷路を造ろうと世俗の生活を捨てた崔奔《サイペン》という謎の人物の曾孫だとされている。もう一人はスティーヴン・アルバートという名の中国学者である。物語は、兪存が追手である非情なマッデン大尉（ドイツの敵国である英国に仕えるスパイ）に捕まり絞首刑の判決を受ける前に口述したという過去の証言として語られてゆく。舞台は第一次世界大戦中の一九一六年、イングランド。兪存の目的はスタッフォードシャーのフェントン郊外に住むことを電話帳で確認したスティーヴン・アルバートなる人物を殺すことである。この殺人事件のニュースを新聞が伝えたとき、「アルバート」なる名前がベルリンにいる上官のもとに告げられ、それが、兪存が突き止めたフランスにおける英国砲兵隊のいる陣地の正確な位置（アルベール）、すなわちドイツの攻撃目標となるべき場所を教える決定的な情報となるのだった。だが兪存がドイツに協力した動機は屈折したものだった。彼はドイツ国家のために忠誠を尽くすというよりは、むしろ、彼自身の体内に流れる黄色人種の誇るべき血が大きな仕事をやってのけることができることを、世界に向けてただ証明したかったのである。この動機じたいが、すでにこの物語のテーマである、迷宮的で幾重にも分岐した思考の道筋を象徴しているともいえる。

マッデンの追跡を逃れながら、兪存は列車でトネリコの森の平原を抜け、アルバートが住む家に近い寂れた駅で下車する。物語の叙述の時間性はすでに錯綜・反転し、未来が過去であるかのように扱われ、兪存が体験する出来事はまるで、すでに死んだ者が最期になるはずの一日の流れを詳細に記録したような気配を分泌している。不案内な土地に降り立ち、スティーヴン・アルバートの家への道を訊ねると、そこにいる影のような顔をした子供たちが「交差点をいつも左に曲れ」と教えてくれる。それが、古典的迷宮において中心にある広場を見つける典型的な方法であることを訝りながら、兪存は自らの祖先である崔奔が造ったという迷路のことをふと想起する。その印象的な一節を引用しよう。

英国の林の陰で、わたしはその失われた迷路のことを考えた。侵されることなく完全な姿のまま、どこかの山の秘密の頂にあるそれを想像した。水田や流れの底に消えてしまったそれを想像した。八角形のあずまやや曲がりくねった小径ではなく、川や地方や王国からなる無限のそれを想像した……。わたしは迷路のなかの迷路のことを、つまり、曲折しながらますます広がってゆき、過去と未来をなかにおさめ、数々の天体までかかえ込んでいる、そんな迷路のことを考えた。

（「八岐の園」『伝奇集』）

こんな幻想をいだきながら分岐しつづける道をたどるうちに、兪存はある錆びた高い門の前に着いた。鉄柵のあいだからみえるあずまやからは中国の音楽が流れていた。案内人の提灯に導かれるまま庭の中に入る。夜気に濡れた小径は曲がりくねっていたが、ボルヘスはそれを「わたしの幼年時代のように」曲がりくねっていた、と書いている。この「わたし」が、語り手の兪存であると同時に書き手のボルヘスでもある、という直観的な閃きを読者はもはや打ち消すことができない。

兪存の驚きは、訪問したアルバート博士が中国学の権威であり、兪存の曾祖父である崔奔によって造られたという迷宮の謎をすでに完全に解読している、という事実だった。アルバートは兪存に、複雑な組み合わせの論理によって成り立っている崔奔の小説「八岐の園」をめぐる推論を開陳する。それによれば、崔奔の迷宮と小説とは、じつは同じものだった、というのである。複雑怪奇な小説の筋立てが、それじたい迷宮の完璧な実現であることを示していた。崔奔の言う「迷宮」とは、小説の出来事を差配する時間という概念のアレゴリーであり、出来事の偶然の可能な組み合わせのすべてを示す隠喩だったのである。アルバートは愈存に、名のある書家でもあった崔奔が筆で書いたという紙片を見せる。そこには細身の端正な文字で「余はさまざまな未来——すべてではない——にたいし、余の八岐の園をゆだねる」とあった。アルバートは、ここに崔奔が小説によって実現しようとした特異な時間哲学が隠されている、と解説する。

あらゆるフィクションでは、人間がさまざまな可能性に直面した場合、そのひとつをとり、他を捨てます。およそ解きほぐしようのない崔奔のフィクションでは、彼は——同時に——すべてをとる。それによって彼は、さまざまな未来を、さまざまな時間を創造する。そして、これらの時間がまた増殖し、分岐する。ここから例の小説の矛盾は生まれているのです。（同前）

この「矛盾」と映るものは、しかし決定的に革新的なヴィジョンを導く方法論でもあった。因習的な物語の叙述における単線的な流れと、そこから帰結する意味還元的な読解のあり方を問い直し、あらたな非線形的「物語空間」の革命を指向するハイパーテクスト【図Ⅶ-2】やメタフィクション、さらにはカオス理論やフラクタル理論、散逸構造論といった一連の文脈からの議論は、ボルヘスのこの短篇作品への新たな読解の動きに端を発するといってもいいだろう。たとえば、小説におけるハイパーテクスト理論の革新者であり電子小説家でもあるアメリカのスチュアート・マウルスロップは、すでに初期のCD-ROM媒体におけるハイパーテクストの方法論にもとづく論文や作品を一九八〇年代の後半から発表している【図Ⅶ-3】。彼の「地図から読む——枝分かれ小説における換喩と隠喩」(Stuart Moulthrop, "Reading from the Map: Metonymy and Metaphor in the Fiction of Forking Paths", Paul Delany & George P. Landow (eds.), *Hypermedia and Literary Studies*, MIT Press, 1994)といった論考は、ボルヘスの「八岐の園」の新たな分析をつうじて、この短篇で示唆された非限定的でかぎりなく自由な記述と読解を促す叙述空間の革新について刺激的に論じていた。

フランスの哲学者ジル・ドゥルーズもまた、ボルヘスの「八岐の園」を、近似した文脈から、より哲学的な時間論の刺激的先例としてしばしばとりあげている。「八岐の園」の物語のなかで、先のアルバートの語りのすぐ後につづくこんな一節を『シネマ2 時間イメージ』(一九八五)のなかで引用しながら、ドゥルーズはこれを映像的なナラティヴのあらたな可能性として論じる。

(……)たとえば憑《ファン》という男が秘密を握っているとします。見知らぬ男がドアをたたき、憑は彼を殺そうと腹を決めます。当然、さまざまな結末が考えられます。憑が侵入者を殺すかもしれないし、侵入者が憑を殺すかもしれない。二人とも助かるかもしれないし、二人とも死ぬかもしれない、というわけです。崔奔の作品では、あらゆる結末が生じます。それぞれが他の分岐のための起点になるのです。あるときは、この迷路の小径は一箇所に集中します。たとえば、あなたはこの家にやって来るが、さまざまな可能な過去のひとつでは、あなたはわたしの敵であり、べつのひとつでは、わたしの友である。(同前)

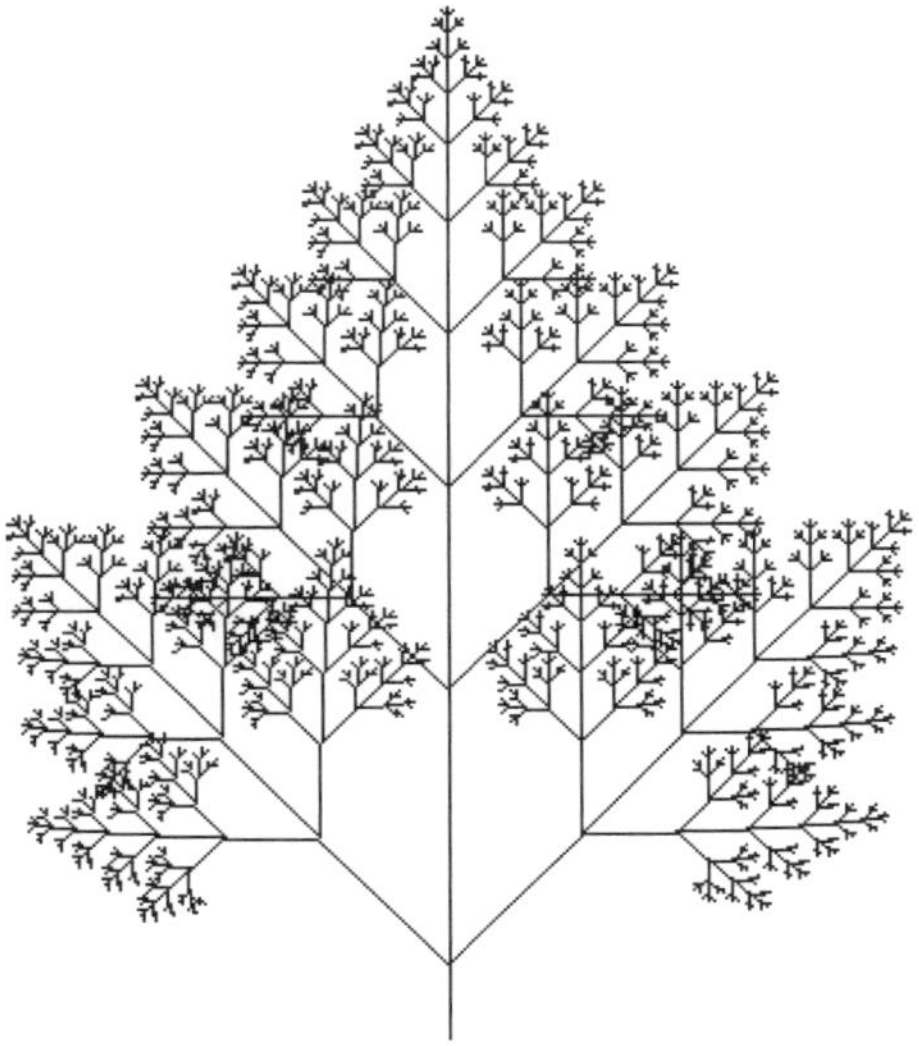

図Ⅶ-2　枝分かれする樹木モデルによるハイパーテクストの模式図（Paolo Pedercini, “Branching Narrative from Borges to the Hypertext”.
http://cmuems.com/2014c/branching-narrative-from-borges-to-the-hypertext/）

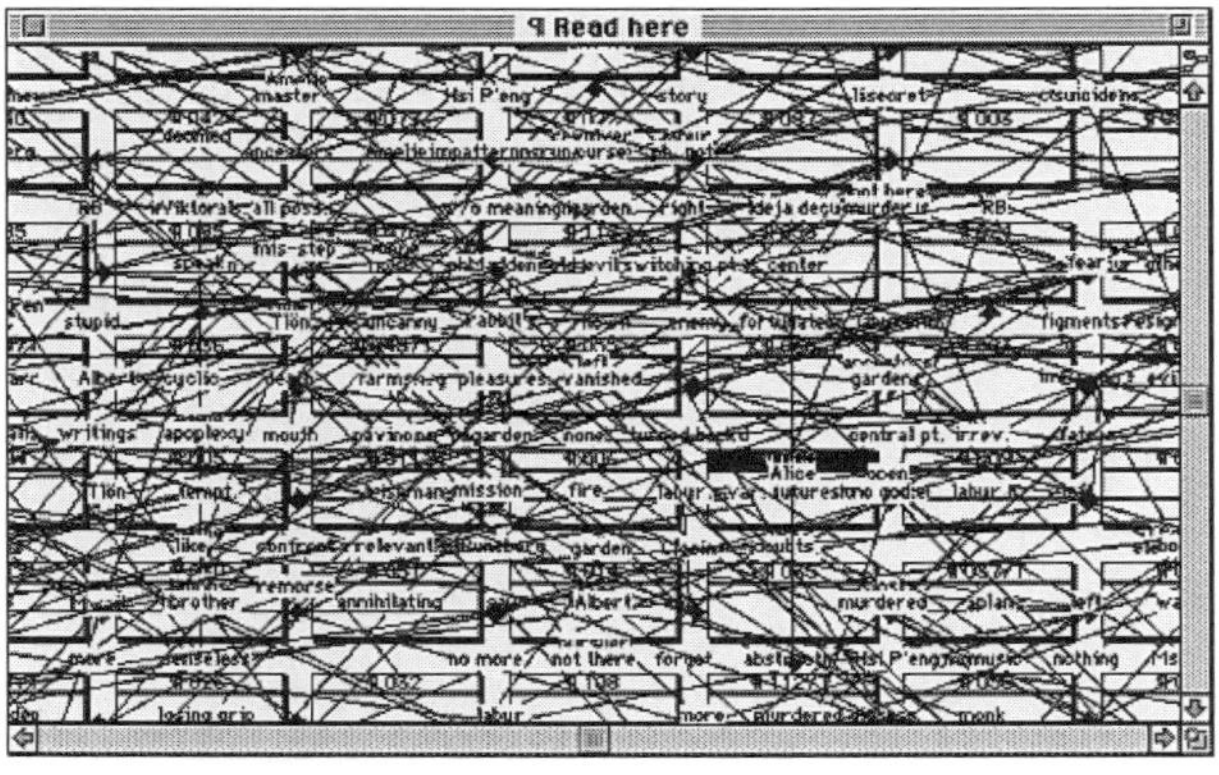

図Ⅶ-3　スチュアート・マウルスロップ「枝分かれするフィクション」CD-ROM, 1990（Moulthrop 前掲論文）

ドゥルーズは、これがライプニッツの可能世界論にたいするボルヘスの答えであると考える。すなわち、どちらかの実現によってもう一方の実現が阻まれてしまった現実の時間から離れて、二つの事物や出来事がともに存在しうる可能性としての「共可能性」compossibilityを、ボルヘスは時間の迷路としての非線形的なナラティヴのなかに夢想したのである。「八岐の園」(作中の崔奔による迷宮小説のことであり、同時にボルヘスの同名の小説のことでもある)とは、まさに、このたえず分岐しつづける物語の小径によって「共可能性」を生みだす、未曾有の試みとして捉えることができるのである。

ボルヘスの物語を最後まで見ておこう。先のアルバートのことば通り、現時点の兪存とアルバートとのあいだの出遭いという、出来事の入り組んだ交差点の偶然の一点こそ、「八岐の園」が実現していることの例証であり、そこでは対峙する二人の男が「敵」として意味づけられていた。このように宿命づけられた一つの小径における掟には厳格に従うほかはない。最後に、兪存は当初のミッションを完遂するべく、アルバートに向けて冷徹にピストルの引き金を引いた……。

ボルヘスはここで確信している。兪存も、そして曽祖父である神秘家崔奔も、分岐し、収斂し、並行し、交差し、ふたたび分岐、拡散してゆく時間の目まぐるしい網目の存在を信じている、ということを。そしてその点はボルヘスも同じだった。分岐と交差と収斂と離反の永遠の反復。永久のすれちがいに終わるこの時間の網は、だが逆にあらゆる可能性を孕んでいる、と。一人の人が時間なる小径につねに確実に存在することは、ほとんど起こりえない。ある時間にあなたが存在しても、私は存在しない。別の時間では私だけが存在し、あなたは存在しない。さらに別の時間では、二人がともに存在する。そしてそのいかなる瞬間からも、時間は未来に向かって無限に分岐しつづけ、友であったはずのあなたが、次の瞬間には敵としてあらわれるかもしれない。私たちの「庭園」は、「パティオ」は、いまや「目に見えぬ人間で果てしなくあふれて」いる。線形の時間が、混沌とした非‐時間へと裏返る、ボルヘスの夢幻世界の入口である。

「南部」の迷宮都市ブエノスアイレス

「八岐の園」を、ブエノスアイレスという現実の都市の対極にある、非‐場所的な想像力による迷宮的フィクションとして読むのか、それとも、ボルヘスの「ブエノスアイレス」をまさに「八岐の園」が示唆する、自己組織化するカオティックな散逸構造体として見るのか、それが最後に問われているだろうか。時間的存在の共可能性についての幻のようなヴィジョンを人間や事物だけでなく、土地にも適応するならば、イングランドのスタッフォードシャーの田舎は、南米ブエノスアイレスの都会へと瞬時に入れ替わることが可能だからである。

『伝奇集』第二版(一九五六)の最後に置かれた短篇「南部」El Sur は、アルゼンチンのクリオージョ(植民地生まれの白人)の歴史を下敷きにして、ブエノスアイレスの南部を舞台に夢、宿命、時間、死といったボルヘスの究極のテーマを凝縮して語りに溶かし込んで書かれた佳作である。そうした具体的な歴史的・地理的空間を題材にした物語においてすら、私はそこに、物語の舞台装置あるいはモデルとしてのブエノスアイレスではなく、フィクションの夢幻的な永久運動体として再創造された時間の迷宮都市「ブエノスアイレス」を感じとる。ボルヘスのブエノスアイレスへの深い没入の態度は、馴染みある故郷への本源的な愛着や固執というだけでは説明できない、奇妙な陶酔の感情に浸されているのである。その陶酔を、永遠と無‐時間への陶酔、と言い換えることはできるかもしれない。それは現実の都市が叶えることのできない、別世界での実存のあり方なのである。

　そもそも最初期の詩集『ブエノスアイレスの熱狂』以来、ボルヘスのブエノスアイレスじたいが、つねに現実から分岐し、無限の変容をたえず繰り返すものとして描き出されていたことは重要である。すなわちそれはつねになにものかの「鏡像」であり「分身」であるような影として描かれていたのである。自立的本体を欠き、自己存在を証明するにはつねにどこかの他者の存在に依拠しなければならない、という植民地的存在の置かれた窮地が、この状況を生み出す一つの要因にはなっていただろう。だがそうした歴史的条件を超えて、そこにはきわめて哲学的な問い直しがあったように思われる。ボルヘスのなかでは、「ブエノスアイレス」について考えることが、ただちに「わたし」について考えることと直接に結びついていったからである。その意味で「ブエノスアイレス」は、ボルヘスにとって、究極の「実存」をめぐる形而上学的問いとしてあった。それは、ボルヘス自身が「わたし」と「作家ボルヘス」とのあいだの関係を、ライプニッツのいう「共可能性」と「不共可能性」とのあいだの逆説的関係を梃子《てこ》にして、自己なるものを無限の増殖と変容の相のもとに見ていたことと軌を一にしている。

　ボルヘスとブエノスアイレス。この究極の主題に簡単な答えはない。たしかにボルヘスは一度も、「ブエノスアイレスはわたしだ」とは書かなかったかもしれない。だがこのテーゼこそ、ボルヘスにとっての永遠の他者である「わたし」が、心の底から書きつけたかった至高のフレーズなのだ、ということは可能であろう。

光が細かな砂に変わる

その頃合いに、わたしは
見覚えのない街に足を踏み入れた

（「見知らぬ街」『ブエノスアイレスの熱狂』一九二三）

白銀の黄昏を迎えて
街はこの上なく優しげな風情を帯び
一度忘れられて再び甦る詩のように
現実のものになったのだろう
日をへて初めて、わたしは悟った
あの黄昏の街はやはり見覚えのない街だと

（同前）

生まれ故郷の街を、これほどに繰り返し「見覚えのない街」として再創造する詩人が他にいただろうか。だがそう思いつつ、私たちはどこかで、もっとも親密であるはずの場所が、あるときふともっとも未知の場所に変わる神秘的な瞬間がたしかに自分たちにもあることを知っている。「知る」ということの深淵には、はかりしれない不可知が潜んでいるのである。ブエノスアイレスに捧げられた、初期の別の詩を見よう。

わたしの心に常にあったのはお前だ、厳しい薔薇色の街よ。
夜の終わるころ明るく輝く店よ、
お前の壁が曙光を隠していたのだろうか。

（……）
わたしにとって親しいのはブエノスアイレスの灯だけ。
その灯を頼りに、わたしは
自分の生と死を詩に託す。
苦しみに耐える広い街よ、
わたしの生が知る唯一の音楽、それはお前だ。

（「薔薇色の店のある街」『正面の月』一九二五）

見知らぬ街は、ここでふたたびよく知る親しい空間として語り直される。それは「未知」を媒介にして獲得された、より高次の「親密さ」の感覚であろうか。ひとたび他者化されたことによって幻影のアイデンティティをはぎ取られたものの示す、ある純粋な存在様態がだれをも惹きつけ、いかなる他者をも抱きとめることのできる場へと変容するのである。

こうした既知と未知のあいだの永遠の往復運動、愛着と疎外のあいだの迷宮的な散逸運動のなかで、ボルヘスの「ブエノスアイレス」は創造されていった。それはボルヘスの生涯をつうじて変わらない。晩年の詩集『幽冥礼賛』*Elogio de la sombra*（一九六九）に収められた詩「ブエノスアイレス」は、「ブエノスアイレスとは、はたして何か」という一行で始まり、つづいて「それは、かつてこの大陸で戦った男たちが、疲れ果てて戻ってきたマージョ広場である」とか「それは雨の中をゆく騎手である」とか「それは、父の顔を映した最後の鏡である」とかいったかたちで、集合的な歴史と個人的な記憶のはざまにあるかけがえのない結晶体として語られている。だが、最後の定義はそうしたノスタルジーからきっぱりと決別し、そこにはブエノスアイレスじたいをあらたに「小説《フィクシオン》」ficción の無限運動として定義しようとするボルヘスがいる。

ブエノスアイレス。それは、わたしが足を踏み入れたことのない街路である。多くの街区と場末の中庭の秘密の中心である。建物の正面の背後に隠れているものである。わたしに敵があれば、その敵である。わたしの詩を読み、うんざりしている人である(わたしもその一人だが)。以前訪れたが忘れてしまった小さな書店である。聞いたこともないのに心打たれる、ミロンガの口笛である。この都市の過去である。この都市の未来、遙かなもの、疎遠なもの、周辺的なもの、きみのものでもわたしのものでもない地区、われわれが愛している未知のものである。

(「ブエノスアイレス」『幽冥礼賛』一九六九)

この「建物の正面の背後に隠れているもの」こそ「虎」ではないだろうか? 虎であり、敵であり、ボルヘスの詩の批判的な読者であり、にもかかわらず昔ながらの同胞であり、場末の古い書店であり、哀しいミロンガの一節である。過去と未来のすべての時間を宿す、痛苦にして憧憬であるような未知と既知の融合体そのものである。

「新時間否認論」という哲学的闘争

ボルヘス・ミスティック、すなわちことばのもっとも純粋な意味での「神秘主義者ボルヘス」。『伝奇集』をはじめとする彼の神秘主義的な書物のすべては、すでに考察してきたように、三つの方位によって定位されていたといえるだろう。すなわちその魔術的な方位とは、「言語」「永遠」「ブエノスアイレス」の三つである。そして言語も、永遠も、ブエノスアイレスも、ボルヘスにとっては「時間」なるものの揺らぎと偶然の成形によって生み出されたものにほかならなかった。その意味では、三つの方位の上に君臨する唯一の神は「時間」かもしれない。

エッセイ集『続審問』（一九五二）のなかに収録された集中の白眉である一篇「新時間否認論」Nueva refutación del tiempo（一九四七年に、ベルクソンの死後という「時代錯誤」の自負をもって、一冊の単行本として刊行されている）は、ボルヘスによる時間という概念との壮絶な哲学的闘争を記したものである。この文章は、『伝奇集』の短篇小説群と並び立つような創作的擬似エッセイとして独特の光彩を放っているが、ここにもブエノスアイレスでボルヘスが実感する不思議な永遠の「反復」の体験が、こうスリリングに語られている。

レコレータ墓地の前を通るとき、わたしはいつも思う――ここには父と祖父母と曽祖父母がねむっているし、わたしもいつかはねむるであろう、と。そのあと、それまで同じことを何度も思ったことを憶い出す。家の近くの人気のない通りを夜ひとり歩いているとき、わたしはきまってこう思う――わたしたちにとって夜が心地よいのは、記憶と同じように、退屈な細部を消してしまうからだ。恋人や友人を失って悲しいとき、わたしはいつも思う――人は本当の意味で所有していなかったものしか失くさない、と。

（「新時間否認論」『続審問』一九五二）

こんな考察のなかでボルヘスが問おうとしているのは、同一の瞬間、同一の過程が作用していると思われる瞬間を人が経験するとき、その二つの瞬間は純粋に同じものではないのか、という神秘主義的な問いである。時間的な序列や順序という条件さえ取り払ってしまえば、それらは同一の過程の反復、というよりは、むしろそれ自体が同じ出来事として、すなわち分岐・散逸する非線形的時間の不可視の網における偶有的な結び目にふと触れるときの体験として、まったく同一の出来事でありうる。

初期のエッセイ集『アルゼンチン人の言語』*El idioma de los argentinos*（一九二八）に収録され、のちに「新時間否認論」のなかに全文引用された、私にとってのボルヘスの究極の魔術的散文「死の感覚」Sentirse en muerte こそ、この問題意識をさらに展開したものである。「死のなかで感じている」と訳しうるこの文章は、まさに「死」とも呼ばれる時間の否認を深く直観するボルヘスが書きえた、究極の散文である。そこで彼は、夕食後にブエノスアイレスの街を散歩したときに自分が経験した、「時間」をめぐるある啓示的直観を語っている。

「わたしはいま千八百年代のどこかにいる」という思いがふと頭に浮かび、やがて、それは漠然とした表現であることをやめて現実へと深化した。わたしは死んでおり、この世界の抽象化された観察者であるような気がした。わたしはまた知識に満たされた漠とした恐怖を感じたが、これこそ形而上学の最高の明晰さというものであろう。そのとき思ったことであるが、わたしはいわゆる《時間》の川を遡上していたのではない。そうではなく、あの不可知の言葉《永遠》の寡黙な、または不在の意味を把握していたのだ。（「新時間否認論」に引用された「死の感覚」）

《永遠》という、言葉だけでは知っていた概念が、このときボルヘスの内部で文字通り「体験」される。それはもっとも抽象化された知の明晰さが、肉体的感触として自らの生身の「生」を貫くような鮮烈な感覚だった。ボルヘスはさらにこう続ける。

あの同質の事実の純粋表象――晴朗な夜、曇りのない壁、スイカズラの放つ田舎の香り、地中の泥――は何十年も前のこの一郭の光景と同一であるというだけではない。それは類似性や反復のない完全な同一性なのだ。われわれがこの同一性を直感することができるなら、時間は欺瞞である。見かけ上の過去に属する一時点が見かけ上の現在に属する一時点と寸分違わず不可分であるならば、その事実は時間を崩壊せしめるに足るものだ。（同前）

この人間的瞬間が、個人の経験を超えた、人間の種的な経験にほかならないことを希求しつつ、だがボルヘスはこの「発見」が瞬間の感情的な昂揚に終わってしまうという現実の非情な理《ことわり》の前に、最後には頭を垂れるほかないのである。「死の感覚」はこう結ばれている。

それが永遠不滅でないにしては、人生はあまりに貧しすぎる。にもかかわらず、われわれはその貧しさの確証さえ持ち合わせていない。なぜなら、感覚経験においては容易に論駁しうる時間も、知的には容易に論駁できず、しかも連続性の観念は知性の本質と不可分であるように思われるからだ。このようなわけで、わたしになかば兆した真理も情緒の一挿話に終わり、あの夜がわたしに惜しむことなく与えてくれた恍惚の一瞬と永遠の暗示は、無定見をさらけ出したまま、このページのなかに封じ込められている。（同前）

ボルヘスは『創造者』（一九六〇）のエピローグで、雑多な物語を書物に編んだのは、結局自分ではなく「時間」であると告白している。おそらくは、一つの逆説として、時間を否認しようとしたボルヘスがついに打ち破ることのできなかった究極の背理は、彼が「創造者」として生み出したすべての著書が、結局は時間の産物にほかならなかったという点かもしれない。ボルヘスはこのエピローグの最後にこうつけ加えている。

わたしの身にはわずかなことしか起こらず、わたしはただ多くのものを読んだ。言いかえれば、ショーペンハウアーの思想やイングランドの物語詩以上に記憶に値することは、わたしの身にはほとんど生じなかったのである。一人の人間が世界を描くという仕事をもくろむ。長い歳月をかけて、地方、王国、山岳、入江、船、島、魚、部屋、楽器、天体、馬、人物などのイメージで空間を埋める。しかし、死の直前に気づく。その忍耐づよい線の迷宮は、彼自身の顔をなぞっていたのだと。

（「エピローグ」『創造者』）

ここで現れる「地方」provincia や「王国」reino や「天体」astro は、すでに見たように、「八岐の園」でボルヘスがその迷宮の庭の構成物としてあげていたものと見事に一致する。『伝奇集』の示す一四の、いや一七篇の小径、すなわち「無限」に分岐してゆく物語《フィクシオン》の自在な線は、しかし真の自由空間ではなく、結局は一人の「作家」の顔形をなぞりつづける時間の描線にほかならない。この逆説的なパラドクスに気づきながらも、ボルヘスは時間から放たれたことばが純粋詩となって永久運動を開始する夢に賭けつづけた。

薔薇色の街を杖をつきながら彷徨する少し猫背の人影が見える。ユーカリの芳香を頭上に浴びつつ、星々が待つ永遠の交差点めざして歩みを進めるその靴音が夜の街路に響く。彷徨《さまよ》いは、永遠という迷宮への参入の儀式である。ブエノスアイレスでも、イングランドでも、そして私たちのいかなる都会でも、平原でも、峡谷でも……。そこでの彷徨と夢見のなかに、あの青い虎が棲んでいる。ラピスラズリの細かい石に変化《へんげ》しながら、常識という分別世界の彼岸で、迷宮の夢見る虎が私たちに永遠という名の吐息を吹きかけている。

参考文献

＊以下の文献リストは網羅的なものではない。本書執筆の際に実際に参照したもののみを、それぞれの項目別に年代順（同じ作品はまとめ、各版の刊行年代順）に並べた。

ホルヘ・ルイス・ボルヘス Jorge Luis Borges の著作

スペイン語版

Obras Completas, Tomos I & II, Barcelona: RBA/Instituto Cervantes, 2005.（引用の際の底本）

Obras Completas 1923–1972, Buenos Aires: Emecé Editores, 1974.

*Obras Completas ** 1975–1985*, Buenos Aires: Emecé Editores, 1989.

El jardín de senderos que se bifurcan, Buenos Aires: Editorial Sur, 1942.

Ficciones, Buenos Aires: Editorial Sur, 1944.

Ficciones, Buenos Aires: Emecé Editores, 1956.

Ficciones, Biblioteca Borges, Madrid: Alianza Editorial, 1997.

Ficciones, Debolsillo, Barcelona: Penguin Random House Grupo Editorial, 2011.

"Biblioteca total", *Revista Sur*, No. 59, Agosto de 1939.

La memoria de Shakespeare, Buenos Aires: Dos Amigos, 1982.

Biblioteca personal, Biblioteca Borges, Madrid: Alianza Editorial, 1997.

Historia de la eternidad, Biblioteca Borges, Madrid: Alianza Editorial, 1997.

El idioma de los argentinos, Biblioteca Borges, Madrid: Alianza Editorial, 1998.

El libro de arena, Debolsillo, Buenos Aires: Random House Mondadori, 2012.

Narraciones, Edición de Marcos Ricardo Barnatán, Madrid: Ediciones Cátedra, 1980.

Atlas, Colaboración de María Kodama, Barcelona: Edhasa, 1986.

El Aleph, Ilustraciones de José Hernández y un homenaje narrative de Carlos Fuentes, Barcelona: Galaxia Gutenberg/Círculo de Lectores, 1999.

El Aleph, Edición crítica y facsimiliar de Julio Ortega y Elena del Río Parra, México: El Colegio de México, 2001.

英語版

"The Circular Ruins", Translated by Paul Bowles, *View*, V (6) January 1946.

"The Garden of Forking Paths", Translated by Anthony Boucher, *Ellery Queen's Mystery Magazine*, Vol.12 No. 57, August 1948.

Labyrinths: Selected Stories & Other Writings, Edited by Donald A. Yates & James E. Irby, Norfolk: A New Directions Book, 1962.

Ficciones, Edited and with an Introduction by Anthony Kerrigan, New York: Grove Press, 1962.

Ficciones, with and Introduction by John Sturrock, Everyman's Library, New York: Alfred A. Knopf, 1993.

Fictions, Translated with an Afterword by Andrew Hurley, London: Penguin Books, 2000.

Dreamtigers, Translated by Mildred Boyer and Harold Morland, Austin: University of Texas Press, 1964.

The Aleph And Other Stories 1933–1969, Together with Commentaries and an Autobiographical Essay, Edited and translated by Norman Thomas di Giovanni in collaborations with the author, New York: E.P. Dutton, 1970.

Other Inquisitions 1937–1952, Translated by Ruth L.C. Simms, Introduction by James E. Irby, Austin: University of Texas Press, 1995.

Collected Fictions, Translated by Andrew Hurley, New York: Viking Penguin, 1998.

The Library of Babel, Engravings by Erik Desmazières, Translated by Andrew Hurley, Boston: David R. Godine Publisher, 2000.

The Book of Sand and Shakespeare's Memory, Translated with an Introduction by Andrew Hurley, London: Penguin Books, 2001.

On Mysticism, Edited with an Introduction by Maria Kodama, London: Penguin Books, 2010.

フランス語版

Fictions, Traduit par P. Verdevoye et N. Ibarra, Collection La Croix du Sud, Paris: Gallimard, 1951.

Œuvres complètes I, Bibliothèque de la Pléiade, Paris: Gallimard, 1993.

日本語版

「伝奇集」「不死の人」、『集英社版世界文学全集　第34巻』所収、篠田一士訳、集英社、一九六八
『伝奇集』〈現代の世界文学〉、篠田一士訳、集英社、一九七五
「伝奇集」「エル・アレフ」「汚辱の世界史」、『集英社版世界の文学　9　ボルヘス』所収、篠田一士訳、集英社、一九七八
「伝奇集」「エル・アレフ」「ブローディーの報告書」、『筑摩世界文学体系　81』所収、篠田一士訳、筑摩書房、一九八四
「伝奇集」「エル・アレフ」「砂の本」、『集英社〈世界の文学〉19　ラテンアメリカ』所収、篠田一士訳、一九九〇
「伝奇集」『キリスト教文学の世界　18　バレーラ　ボルヘス』所収、鼓直訳、主婦の友社、一九七八
『伝奇集』鼓直訳、福武書店、一九九〇
『伝奇集』鼓直訳、岩波文庫、一九九三
『不死の人』新しい世界の短篇6、土岐恒二訳、白水社、一九六八
『不死の人』（新装版）土岐恒二訳、白水社、一九八五
『エル・アレフ』木村榮一訳、平凡社ライブラリー、二〇〇五
『創造者』鼓直訳、世界幻想文学大系15、国書刊行会、一九七五
『ブエノスアイレスの熱狂』鼓直、木村栄一訳、大和書房、一九七七
『砂の本』篠田一士訳、一九八〇
『異端審問』中村健二訳、晶文社、一九八二
『続審問』中村健二訳、岩波文庫、二〇〇九
『ボルヘス・オラル』木村榮一訳、書肆風の薔薇、一九八七
『語るボルヘス』木村榮一訳、岩波文庫、二〇一七
『永遠の薔薇・鉄の貨幣』鼓直・清水憲男・篠沢眞理訳、国書刊行会、一九八九
『夢の本』堀内研二訳、国書刊行会、一九九二

『幻獣辞典』（マルガリータ・ゲレロとの共著）柳瀬尚紀訳、晶文社、一九九八
『ボルヘス詩集』鼓直訳編、海外詩文庫13、思潮社、一九九八
『論議』牛島信明訳、国書刊行会、二〇〇〇
『アトラス――迷宮のボルヘス』鼓宗訳、現代思潮新社、エートル叢書、二〇〇〇
『無限の言語　初期評論集』旦敬介訳、国書刊行会、二〇〇一
『永遠の歴史』土岐恒二訳、ちくま学芸文庫、二〇〇一
『ボルヘスとわたし　自撰短編集』牛島信明訳、ちくま文庫、二〇〇三
『エル・オトロ、エル・ミスモ』斎藤幸男訳、水声社、二〇〇四
『七つの夜』野谷文昭訳、岩波文庫、二〇一一
『ブロディーの報告書』鼓直訳、岩波文庫、二〇一二
『汚辱の世界史』中村健二訳、岩波文庫、二〇一二
「一九八三年八月二十五日」「パラケルススの薔薇」「青い虎」「疲れた男のユートピア」「等身大のボルヘス」、『新編バベルの図書館　6』所収、鼓直訳、国書刊行会、二〇一三

ボルヘスに関する著作・論考

Maurice Blanchot, *Le livre à venir*, Paris: Gallimard, 1959.（モーリス・ブランショ『来たるべき書物』粟津則雄訳、筑摩書房、一九八九）
Gilles Deleuze, *Différence et Répétition*, Paris: P.U.F., 1968.（ジル・ドゥルーズ『差異と反復』上・下、財津理訳、河出文庫、二〇〇七）
Gilles Deleuze, *Cinéma 2: L'image-temp*, Paris: Éditions de Minuit, 1985.（ジル・ドゥルーズ『シネマ2＊時間イメージ』宇野邦一他訳、法政大学出版局、二〇〇六）
Richard Burgin, *Conversations with Jorge Luis Borges*, New York: Holt, Rinehart and Winston, 1969.（リチャード・バーギン『ボルヘスとの対話』柳瀬尚紀訳、晶文社、一九七三）
George Steiner, *Extraterritorial: Papers on Literature and the Language Revolution*, London: Faber and Faber, 1972.（ジョージ・スタイナー『脱領域

の知性』由良君美訳、河出書房新社、一九八一）
Emir Rodríguez Monegal, *Borges: A Literary Biography*, New York: E.P. Dutton, 1978.
Harold Bloom（ed.）, *Jorge Luis Borges*, Modern Critical Views, New York: Chelsea House Publishers, 1986.
Jaime Alazraki, *Critical Essays on Jorge Luis Borges*, Boston: G.K.Hall, 1987
Edgardo Cozarinsky, *Borges in/and/on Film*, New York: Lumen Books, 1988.
Cristina Grau, *Borges y la arquitectura*, Madrid: Ediciones Cátedra, 1989.
Evelyn Fishburn & Psiche Hughes（eds.）, *A Dictionary of Borges*, London: Duckbacks, 1989.
Didier T. Jaén, *Borges' Esoteric Library: Metaphysics to Metafiction*, Lanham: University Press of America, 1992.
Stuart Moulthrop, "Reading from the Map: Metonymy and Metaphor in the Fiction of Forking Paths", Paul Delany & George P. Landow (eds.), *Hypermedia and Literary Studies*, Cambridge: The MIT Press, 1994.
James Woodall, *Borges: A Life*, New York: Basic Books, 1996.（ジェイムズ・ウッダル『ボルヘス伝』平野幸彦訳、白水社、二〇〇二）
Floyd Merrell, "The Writing of Forking Paths: Borges, Calvino and Postmodern Models of Writing", *Variaciones Borges* 3, Borges Center, University of Pittsburgh, 1997.
Alberto Manguel, *With Borges*, London: Telegram, 2006.
Perla Sassón-Henry, "Chaos Theory, Hypertext, and Reading Borges and Moulthrop", *CLCWeb: Comparative Literature and Culture* 8.1（2006）: https://doi.org/10.7771/1481-4374.1289
M. Croce & G.S. Gallo, *Enciclopedia Borges*, Málaga: Algama, 2008.
Antonio Fernández Ferrer, *Ficciones de Borges: En las galerías del laberinto*, Madrid: Ediciones Cátedra, 2009.
Antonio Toca Fernández, "La Biblioteca de Babel: Una modesta propuesta", *Casa del Tiempo*, Vol.II Época IV Número24, México: UAM, 2009.
Roberto Fernández Retamar, *Fervor de la Argentina*, La Habana: Casa Editora Abril, 2013.
Jorge Luis Borges & Osvaldo Ferrari, *Conversations*, 1–3, London: Seagull Books, 2014/2015/2017.
Anonym., "Borges y Adrogué", https://www.todoadrogue.com.ar/sections/personalidades-destacadas.html, n.d.

エピローグ

『伝奇集《フィクシオネス》』という書物は一七篇の短篇小説《フィクシオン》を集成した書物である。本書では主にそれらの短篇のなかから、「アル・ムターシムを求めて」「バベルの図書館」「円環の廃墟」「死とコンパス」「八岐の園」の五篇に特別の焦点をあてながら、この秘儀の書物のあらましを読者に媒介しようと試みた。これらの作品の選択は、偶然の閃きによるものであり、また著者の自覚できない必然の促しによって選び取られたものでもあった。そもそも、すべての短篇作品をまんべんなく論じ、すべてに網羅的に言及することは、細部・断片を愛したボルヘスを裏切ることにもなるだろう。そう信じて私は、「トレーン、ウクバール、オルビス・テルティウス」「『ドン・キホーテ』の著者、ピエール・メナール」「記憶の人、フネス」「南部」などの集中秀逸の別作品への接近は、まさに読者のこれからの読みと謎解きの自由のために大切にとっておきたいと考えたのである。虎、無限、円環、迷宮、永遠、夢といった諸テーマをめぐる探究は、これらの作品においても拓かれている。

さらに読者は、この本で示されたヴィジョンを遊戯的に引き継いで、ボルヘスの他の傑作短編集である『アレフ』『続審問』『創造者』そして『砂の本』へと、夢の迷宮をたどる歩みを進めることができるだろう。読む自分自身を、たえず他者へと批判的に突き返しながら……。ボルヘスを読むことの快楽とは、つねにある種の謙虚さと醒めた批評性とともにあり、惑溺やマニアックな博識のなかにはないからである。そんな明晰な意識のなかで、ボルヘスという目眩くばかりに揺らぐ迷宮的宇宙の光彩を浴びていただければ幸いである。

本書を構成する七章は、『三田文學』誌の一三三号（二〇一八年春季号）から一三九号（二〇一九年秋季号）まで、この順序で掲載されたものである。連載を誠意とともに快諾してくださった編集長の関根謙氏、そして編集に心を尽くしてくださった岡英里奈さんに、深い感謝を申し述べたい。連載の橋渡しにはじまり最終的な書籍化の作業まで、慶應義塾大学出版会の片原良子さんの繊細で的確な媒介とエディターシップに、すっかり頼ることになった。片原さんとの共同作業でこのような一篇の「作品」が生れたことは特別の喜びである。ボルヘスも想像しえないような無限大の〝gracias〟の心を捧げたい。

二〇一九年一一月七日　著者識

今福龍太 いまふくりゅうた

文化人類学者・批評家。奄美自由大学主宰。Bで始まる作家（ボルヘス、ブラッドベリ、バルト、ベンヤミン…）を偏愛。こだわりの場所にメキシコ、ブラジル、キューバ、台湾、琉球弧、カボ・ヴェルジ、アイルランド、世界中の汀。食べ物はフェイジョン、パモーニャ、チポトレ、パクチー。夕暮れになればキルケニー、カシャーサ、シュタベントゥン、天草、レツィーナ。著書に『クレオール主義』『群島－世界論』『書物変身譚』『レヴィ＝ストロース　夜と音楽』『ハーフ・ブリード』『ヘンリー・ソロー　野生の学舎』（讀売文学賞）『小さな夜をこえて』『宮沢賢治　デクノボーの叡知』など多数。

あなたにとって本とは何ですか？

書物自身が自叙伝を書くことがあれば、その最後の一行はこんなふうになるのではないでしょうか。

「琥珀のなかで、わたしは夢見ることをやめない」

琥珀のなかに閉じ込められてしまった虫が、数万年の時を経て現代にあらわれることがあります。むかし樹上で休んでいたその瞬間、火山の爆発か洪水か、そんな突然の天災によって松脂のなかに封じ込められ、そのまま流されて海の底で悠久の時を過ごしてきたのです。琥珀のなかでいまにも動きだしそうな昆虫。ここで大切なのは、私たちもこの虫のように一瞬にして琥珀のなかに閉じ込められ数万年ののちに発見されることもあり得る、という想像力です。琥珀は一つの媒体です。この媒体のなかに封じ込められることで、永遠を手にしたともいえ、また一方で、一回限りの生の一瞬がそこに記録されているだけともいえます。この一瞬と永遠のはざまに、人間の生もあるのです。書物も琥珀と同じく媒体です。書物もこうした長い歴史のなかで生まれ、育まれ、そしていまの私たちのまえに瞬間と永遠を想像させる媒体であり続けています。私たちは書物をかたわらに置いて、知性の歴史、その永遠と一瞬との関係について考えつづけ、夢見つづける責務があるのだと思うのです。

シリーズウェブサイト　http://www.keio-up.co.jp/sekayomu/
キャラクターデザイン　中尾悠

世界を読み解く一冊の本
ボルヘス『伝奇集』
――迷宮の夢見る虎

2019 年 12 月 20 日　初版第 1 刷発行

著　者――――今福龍太
発行者――――依田俊之
発行所――――慶應義塾大学出版会株式会社
〒108-8346　東京都港区三田 2-19-30
TEL〔編集部〕03-3451-0931
〔営業部〕03-3451-3584〈ご注文〉
〔　〃　〕03-3451-6926
FAX〔営業部〕03-3451-3122
振替　00190-8-155497
http://www.keio-up.co.jp/
装　丁――――岡部正裕（voids）
印刷・製本――株式会社理想社
カバー印刷――株式会社太平印刷社

Printed in Japan　ISBN 978-4-7664-2562-8

世界を読み解く一冊の本　刊行にあたって

書物は一つの宇宙である。世界は一冊の書物である。事実、人類は世界の真理を収めるような書物を多数生み出し、時代や文化の違いをこえて営々と読み継いできた。本シリーズでは、作品がもつ時空をこえる価値を明らかにするのみならず、作品が一冊の書物として誕生し、読者を獲得しつつ広がっていったプロセスにも光をあてる。書物史、文学研究、思想史、文化史などの第一人者が、古今東西の古典を対象として、その作品世界と社会や人間に向けられた眼差しをわかりやすく解説するとともに、そもそもその書物がいかにして誕生し、読者の手に渡り、時代をこえて読み継がれ、さらに翻訳されて異文化にも受け入れられたのかを書物文化史の視点から考える。書物の魅力を多角的にとらえることで、その書物がいかにして世界を読み解く一冊の本としての位置を文化のなかに与えられるに至ったかを、書物を愛する全ての読者に向かって論じてゆく。

二〇一八年十月

シリーズアドバイザー　松田隆美

せかよむ★キャット

あたまの模様は世界地図。
好奇心にみちあふれたキラめく瞳で
今日も古今東西の本をよみあさる！